nero

Maurizio de Giovanni

Sorelle

Una storia di Sara

Rizzoli

Pubblicato per

Rizzoli

da Mondadori Libri S.p.A.

ISBN 978-88-17-17545-6

Prima edizione: maggio 2023

Sorelle

I

La seconda volta ricordò, e rimase immobile. La testa sopra il cuscino, appoggiata sul lato sinistro del viso; la mano destra a coprire il seno, le dita che toccavano la base del collo; le gambe disallineate, il ginocchio di una sulla coscia dell'altra. Mantenne perfino il respiro regolare, non cedendo alla tentazione di renderlo più profondo per fare scena.

La prima volta era stata colta di sorpresa. Un gemito, un trasalimento, qualche parola pronunciata a fior di labbra, o almeno così le era sembrato di aver fatto. E allora ecco subito l'ago in vena, e di nuovo il buio.

Adesso però, mentre riemergeva dagli abissi dell'incoscienza, era arrivato Marco.

Sognava pochissimo di Marco; o magari, chissà, quei sogni non restavano a farle compagnia da sveglia, quando si calava corpo e anima nel presente cercando di lasciare il passato in soffitta, in cantina o quello che era. Marco era assai scomodo da rievocare; e non tanto perché fosse morto e sepolto, quanto per la se stessa che tendeva a far venire a galla.

Anche in quella visione onirica di origine chimica, portata dalla lotta fra la coscienza e la roba che da chissà quanto le iniettavano per tenerla addormentata, Marco era tutt'altro che comodo; come era stato in vita, insopportabilmente sincero.

Tu, le aveva detto fissandola con le pupille nere e piene di fuoco che – prima ancora delle mani e dei baci – l'avevano fatta innamorare, tu sei il contrario di te stessa. Lo sei sempre stata.

Che vuoi dire?, domandò lei. Che accidenti vuoi dire? Perché parli sempre in questa maniera complicata? Non lo vedi che mi hanno drogata, che non capisco?

Lui proseguì: sembri forte, e sei fragile. Sembri amara, e sei dolce. Sembri istintiva, e sei razionale. Ragiona. Rifletti. E non ti scordare dell'addestramento. Ti serve, adesso. Te lo ricordi, l'addestramento?

Teresa strizzò gli occhi che pure nel sogno non aveva, e ripeté: che vuoi dire? Quale addestramento? E che parte dell'addestramento? Ma hai idea degli aggiornamenti che abbiamo fatto, in trent'anni?

Marco si mise un dito sulle labbra, e si vedeva che gli scappava da ridere. Ssshhh, sibilò. Zitta. Devi stare zitta e ferma. Respira a fondo. Ti ricordi o no? Se vogliono qualcosa da te…

Tu daglielo, terminò Teresa. Certo. Non la totalità, e con giudizio. Ma finché dormi sei inoffensiva. E puoi pensare.

Teresa comprese ciò che Marco voleva dire. Non tentò di sollevare le palpebre, a rischio di beccarsi di nuovo un ago in vena, e continuò a dormire, malgrado fosse ormai quasi sveglia benché con la mente annebbiata.

Aveva freddo, molto freddo. Sentiva il peso di una coperta e conosceva gli effetti dei farmaci che stavano usando su di lei, quindi la temperatura che percepiva non doveva essere quella reale e comunque non indicava nulla del luogo in cui si trovava.

Imponendosi di non variare il ritmo della respirazione, cercò di percepire con gli altri sensi ciò che non poteva vedere. Le orecchie raccolsero il rumore della pioggia e la caduta regolare di una goccia da qualche parte, non lontano dalla sua testa. Due suoni distinti e separati: la pioggia era fuori, attutita da una parete o da una finestra, e la goccia all'interno, perché ne udiva alla perfezione l'ingresso ritmico in un recipiente di piccole dimensioni, liquido su liquido. Una perdita? Dunque era un luogo fatiscente, un deposito, un garage. Forse al pianterreno. Più facile uscire, più facile allontanarsi. Avendo la forza di muoversi, è ovvio.

Le sensazioni restituite dall'olfatto erano compatibili con quel quadro. Muffa, grasso, olio meccanico. E qualcosa di più dolciastro, di vecchio, di stantio. Cibo, persino: forse frittura, di sicuro un retrogusto di urina. Significava che era guardata a vista, che chi la sorvegliava non si muoveva da lì.

Il che si traduceva in una garanzia: non c'erano turni, o ce n'erano pochi. Chi l'aveva presa non aveva tanto personale a disposizione, e anche questo tendeva a restringere il campo.

Ascolta, le suggerì Marco. Ricorda l'addestramento.

Tutti loro non facevano altro, da trent'anni e più: ascoltavano. Guardavano. Sorvegliavano. Dovevano solo starsene fermi a origliare, spiando dal buco della serratura. Non serviva che sapessero saltare da macchine in corsa o centrare un bersaglio da cinquanta metri con un telescopio, quello spettava agli altri operativi. Loro osservavano, capivano e riferivano. Adesso, si disse Teresa cercando di resistere al sonno, devo fare soltanto quello che ho sempre fatto.

Eliminò la pioggia, isolandola dal resto. Non era facile: si trattava di un rumore irregolare e lei non era al massimo delle facoltà percettive, però ci riuscì. Era come arrivare a un livello superiore dell'udito, un esercizio nel quale da giovane, quando stava ore con le cuffie sulle orecchie a seguire telefonate o intercettazioni ambientali, era piuttosto abile. Non come Andrea: lui era un genio. Ma a parte il collega più anziano, se c'era da lavorare sui suoni era proprio lei che chiamavano.

Dietro la pioggia c'era un respiro. Se ne rese conto e le si drizzarono i peli sulla nuca: se lo sentiva, doveva essere spaventosamente vicino. Resistette alla tentazione di allontanarsene e si concentrò.

C'era qualcosa di greve, in quel respiro. Di roco, di rasposo. Non era addormentata, la persona; ma il fiato che emetteva non era fluido, né leggero. Forse per questo lo avvertiva, nonostante la pioggia.

Nella mente confusa di Teresa si fece strada il ricordo di un'auto che le si accostava mentre correva; di uno sportello che si apriva, nell'aria frizzante dell'alba; di due braccia di ferro che l'abbrancavano e che, senza fatica apparente, la sollevavano da terra. Rammentò i raggi obliqui del sole che sorgeva illuminare una strada deserta, le pozzanghere di pioggia notturna luccicare abbagliranti. Poi una botta violenta, e il buio.

Attribuì il respiro pesante a quelle braccia possenti e a un fisico corpulento. Robustezza, e chissà, magari poca agilità.

La persona tossì. Un colpo secco, a pochi centimetri da lei, tanto da avere l'impressione di qualche goccia di saliva sulla nuca. L'istinto le fece muovere la mano per il soprassalto, con due effetti istantanei: la scoperta che il braccio era legato da una cinghia stretta al polso, e l'immediato inserimento di un ago in vena.

Fu tutto così fulmineo che Teresa nemmeno aprì gli occhi, prima di sprofondare nel sonno nero dell'anestetico.

Ebbe solo il tempo di augurarsi che Marco tornasse a trovarla, in sogno. E che non si arrabbiasse perché non era stata capace di fingere abbastanza bene di dormire.

La pioggia, fuori, rinforzò.

II

L'uomo dalla chioma candida arrivò ai tavolini sotto il porticato in uno stato di evidente insofferenza, sconfinante nell'irritazione. Quando fu certo di trovarsi al coperto chiuse l'ombrello, attento a non bagnare ulteriormente il costoso cappotto in cachemire già zuppo di pioggia nella parte posteriore e sulle maniche. Sbatté i piedi, fissò sconsolato le scarpe infangate.

Si guardò attorno, torvo, e individuò a ridosso del muro la persona con cui aveva appuntamento. Si avvicinò e sedette, senza salutare.

«La sua tendenza all'autoflagellazione, dottore, mi lascia sempre stupito. In una giornata come questa, di pioggia e di vento, ci vediamo all'aperto in mezzo al parco, che si deve pure posteggiare la macchina a un chilometro. Adesso devo buttare scarpe, pantaloni e cappotto. Grazie, eh? Grazie davvero.»

L'altro ridacchiò, sorseggiando la tazza di tè che aveva davanti.

Era un uomo di mezza età dai radi capelli grigi, magro e anonimo. Uno che si sarebbe potuto incontrare dieci volte senza ricordarne mai il viso, vestito scuro, cravatta smorta, sbarbato con cura.

«Su con la vita, avvocato. Lo sa che, quanto a luoghi per gli appuntamenti, si deve fidare del sottoscritto. In verità, si deve fidare del sottoscritto per questo e molto altro. Sono qui apposta, no?»

L'avvocato si passò una mano fra i capelli bianchi e fluenti. Non c'era un particolare nell'abbigliamento e nell'aspetto che non fosse oggetto di attenzione maniacale. Sprizzava ricchezza ed eleganza da ogni poro.

«Non è questo, figuriamoci… Ma non posso credere che non esista un posto dove scambiare due chiacchiere in tranquillità, al riparo e raggiungibile in automobile fino all'ingresso.»

«Se vuole correre il rischio di essere fotografato, intercettato, filmato o geolocalizzato da un satellite non c'è problema. Potevamo allora vederci in un caffè di via Veneto, o addirittura nel suo studio in centro, dove mi sarei anche goduto la vista di una segretaria in minigonna azzurra.»

L'uomo dai capelli bianchi spalancò la bocca:

«E come fa a sapere che la mia segretaria…».

«… oggi porta la minigonna azzurra? Diciamo che ho tirato a indovinare. Era per farle capire, caro avvocato, che sono tempi complicati. E che trovarci qui, in un caffè scalcinato nel bel mezzo di un parco pubblico, a fronte di un po' di scomodità e di qualche doloretto da umidità che potremmo entrambi accusare stasera, offre vantaggi indiscutibili. Mi dica, dunque: a cosa devo l'onore della sua convocazione?»

L'avvocato aveva indirizzato un cenno al cameriere sonnacchioso che prendeva le ordinazioni dall'interno del bar. Di norma non sceglieva il tè, ma aveva bisogno del conforto di una bevanda calda.

«Ho sentito sia il gruppo di qui sia quello di Milano. Non le nego che c'è una certa preoccupazione, potrà immaginare. A noi piace assicurarci il flusso regolare delle cose, verificare a sufficiente distanza che tutto proceda per il meglio. Non ci piacciono gli intoppi. E non piace a nessuno dover intervenire. Ci piace invece che, se viene garantito un determinato livello di sorveglianza, non sia necessario sporcarsi le mani, tantomeno in modo eclatante come l'ultima volta. Ci piace che...»

L'ometto ridacchiò di nuovo. Una risatina che pareva uno squittio e infondeva disagio nell'avvocato.

«Ci piace, non ci piace, ci piace, non ci piace. Me ne rendo conto, avvocato. Ma lei e i nostri amici qua nella capitale e a Milano dovreste capire che non sempre le cose vanno come piace a noi. Dovreste capire che i problemi esistono ed è difficile prevederli.»

L'altro sbuffò, sfilandosi i guanti in pelle.

«Dottore, non credo proprio di doverle ricordare di chi stiamo parlando, vero? I nostri amici, tutti, sono persone che non contemplano l'esistenza di problemi. Da molti anni, in alcuni casi da sempre, a loro le situazioni arrivano già risolte. Loro determinano le strategie, indicano i processi. Guardano lontano, a lungo termine. Siamo noi, lei, io e pochi altri, a dover fare in modo che ignorino l'esistenza di problemi.»

L'altro fissò il vuoto, grattandosi piano una guancia. Sembrò riflettere sulle parole dell'avvocato, mentre in realtà attendeva che l'infreddolito cameriere disponesse il tè sul tavolino e riparasse di nuovo in gran fretta all'interno. Poi disse:

«Certo, certo. Siamo noi, lei, io e pochi altri, a dover fare il lavoro sporco. A dover fronteggiare i guai che la noncuranza colpevole, le scelte sbagliate o addirittura il tradimento e l'avidità di qualcuno causano, per fare in modo che i nostri amici se ne stiano su qualche isola tropicale a osservare i propri conti ingrassare. Mi scusi, avvocato. Dimenticavo».

«Farò finta che non abbia mai detto quello che ha appena detto. Altrimenti dovrei risponderle che i nostri amici non sono affatto su un'isola tropicale, ma in posti che in apparenza sono assai peggio di quelli che frequentiamo noi. Alcuni stanno in minuscole case di campagna, altri in sotterranei umidi, qualcuno addirittura in cella. Dovrei rammentarle che possono cancellare dalla faccia della Terra sia noi sia i nostri… problemi con un movimento del sopracciglio. Ma sopra ogni cosa, dovrei rammentarle che il benessere mio e suo dipende dalla loro soddisfazione. È chiaro?»

Il dottore annuì, divertito. Aveva dell'altro una bassissima considerazione che traspariva con evidenza.

«Come no, avvocato. Dice bene, sono dettagli che conosciamo già. Allora? Torniamo a noi?»

L'avvocato si appoggiò soddisfatto allo schienale.

«L'evento del Bombardiere, la sua necessaria… rimozione ha lasciato tutti piuttosto scossi. Si riteneva quel capitolo chiuso, per dir così. Invece qualcosa è sfuggito, non c'è dubbio. Altrimenti non ci sarebbe stato bisogno di avviare la procedura che si è poi in effetti avviata.»

Il dottore emise un sospiro lieve. L'atteggiamento richiamava la condiscendenza di un professore costretto a spiegare la lezione per l'ennesima volta a un allievo con difficoltà di apprendimento.

«Sì, avvocato? E chi avrebbe commesso l'errore alla base di questa… come l'ha definita? Procedura? Chi si è sporcato le mani, mettendo a posto la faccenda, e chi ha lasciato che il Bombardiere se ne stesse seduto su questo ordigno per trent'anni? Io sono quello che ha risolto la questione, cerchiamo di non dimenticarcene. Io sono quello che ha fatto in modo che da quel lato non venisse più fuori niente di pericoloso. Ivi compresa l'azione notturna nella redazione che sa, per far sparire le audiocassette che rappresentavano un pericolo per i nostri amici, soprattutto per quelli di Roma. Non facile, in effetti.»

«Ah, ma gliene si dà atto, dottore. Mi creda. Anzi, si apprezza molto il silenzio con cui si è svolta l'azione, e la tempestività. Soltanto, ed ecco il motivo per il quale l'ho cercata, c'è un po' di preoccupazione per la parte… interna alla sua struttura.»

Il dottore increspò la fronte:

«Che vuol dire, avvocato? Cosa c'entra la mia struttura?».

L'uomo dai capelli bianchi fissò lo sguardo sulla pioggia che cadeva fitta a pochi metri, quasi fosse un bel panorama estivo.

«Ci si domanda chi possa aver preso le audiocassette, mettendoci le mani sopra prima di noi e portandole a quella redazione. Ci si domanda da dove siano venute fuori le informazioni sul Bombardiere, e chi sapesse della segretaria e della sua situazione economica. Ci si domanda come siano arrivati alla Sardegna, e quindi a ciò che è successo all'aereo. Ammetterà, dottore, che tutto conduce a voialtri, no? E alla falla dalla quale tracima un po' del liquido di cui sarebbe meglio assicurarsi la permanenza all'interno del sistema.»

L'ometto rimase muto, gli occhi sul tè ormai freddo. L'avvocato riprese:

«Ci si domanda se ci sia un problema, dottore. E quale sia, il problema. Se lei, che è il nostro referente, se ne sia reso conto. E che cosa intenda fare per risolverlo. Questo, ci si domanda».

Il dottore mormorò:

«Dica ai nostri amici, avvocato, che sono consapevole di quello che è accaduto. Che conosco sia il problema sia la soluzione. E che me ne sono già occupato. Che stiano, che stiate tutti tranquilli».

L'avvocato si alzò. Guardò ancora una volta la pioggia, aprì l'ombrello.

«Sa, dottore? Abbiamo fatto così tanta strada soltanto in un modo. Soltanto grazie a una capacità. E non sono né i soldi né il potere, né i contatti che abbiamo. Lei sa qual è questa capacità?»

L'ometto aveva incontrato tanta gente, nella sua esistenza. Aveva imparato quando rispondere e quando restare zitto, ma anche quanto alcuni tronfi palloni gonfiati si sentissero gratificati da una domanda retorica o da un'uscita di scena teatrale. Scelse perciò di tacere, e nemmeno sollevò lo sguardo dalla tazza.

Lo sforzo però fu inutile, perché neanche l'avvocato distolse lo sguardo dalla poco accogliente pioggia nella quale stava per immergersi di nuovo. Disse, a bassa voce:

«La capacità, caro dottore, è quella di non starsene mai tranquilli. Mai».

E se ne andò, reggendo l'ombrello con le mani guantate.

III

«Non vado più. È deciso.»

Così aveva sentenziato la giovane bionda. Il che appariva in contrasto con il resto, perché era vestita di tutto punto e ai suoi piedi c'era una borsa da viaggio lì lì per esplodere e spargere ovunque biancheria intima e cosmetici.

La ragazza mora aveva sollevato la testa dal libro che era intenta a leggere.

«Ti ho detto di no, grazie. Aspettavi di passare questo fine settimana fuori da una vita. Io starò benissimo. E poi magari domani a pranzo riesco a vedere Giorgio, suo padre mi ha detto che...»

Bionda aveva sbuffato:

«Senti, quante sono state le occasioni in cui quello stronzo ti ha promesso di farti incontrare tuo figlio, e poi all'ultimo momento si è inventato una scusa ridicola? E una volta i compiti, e un'altra l'influenza, un'altra ancora tua suocera che non stava bene. Ti ho ripetuto fino allo sfinimento che i tempi sono maturi per prendere un avvocato e scatenarglielo contro, non capisco che aspetti».

«E io fino allo sfinimento ti ho risposto che non combatterò mai battaglie sulla pelle di mio figlio. A me basta sapere che lui sta bene, e tutto si può dire di Carlo tranne che non sia un buon padre. Certo, Giorgio mi manca da morire. E vorrei vederlo. Ma se non si può...»

Bionda era avanzata verso di lei, furiosa:

«Ma che cazzo dici? Tu sei la madre, capisci? La-madre! Hai dei diritti, dannazione! Siamo nel 1993, non nell'Ottocento! Una donna non è un animale, può dire la sua! E non ti sfiora il cervellino che tuo figlio potrebbe aver bisogno di vederti, e che quello stronzo di tuo marito gli stia facendo del male impedendovi di stare insieme?».

Mora aveva taciuto per un attimo. L'aggressività dell'amica e la sua veemenza la portavano a chiudersi nel silenzio. Ma sapeva che l'altra non si sarebbe arresa di fronte al mutismo.

«Ascolta, Bionda: non posso certo dimenticare che ad andarmene sono stata io. Che senza un motivo, senza un tradimento né un litigio, senza aver subìto torti o essermi fatta scrupoli, una mattina ho infilato le mie cose in una borsa più piccola di quella che tu usi per il weekend e sono venuta qui. Qualche responsabilità questo me la dà, o no?»

La bionda non era disposta a rassegnarsi a quelle futili ragioni:

«Non dire *senza un motivo*, Mora. Non lo dire. Dovresti sapere, se non altro per deformazione professionale, che c'è sempre un motivo per tutto. E il tuo marito tanto perfetto, di cui non potevi lamentare alcuna mancanza, semplicemente non era un marito. Non si curava di te, né di ciò che pensavi e sentivi; perché altrimenti ti avrebbe chiesto che cosa non andava».

Non avrebbero potuto essere più diverse. Bionda, alta e flessuosa, esibiva un trucco leggero che esaltava gli occhi e le scavava le guance, conferendole un'aria rapace. Indossava una canottiera grigio perla su una gonna in lino adatta alla calda coda d'estate, e un paio di décolleté color crema dai tacchi alti ai quali non rinunciava mai. La chioma appariva disordinata, ma l'amica sapeva che nemmeno una ciocca era disposta a caso.

Mora, invece, era intabarrata in una sformata tuta da casa e aveva raccolto i capelli in una crocchia, trattenendoli con una matita. Sulla pelle non c'era traccia di cosmetici, e non perché non intendesse uscire.

L'amica l'aveva fissata con aperto disgusto:

«Non sopporto di vederti così, Mora. Questa situazione è assurda. Da un lato tuo figlio senza di te, nelle mani di quella merda di uomo; dall'altra il capo, di cui ti sei innamorata ma che non lo saprà mai, perché tu non solo non glielo dici, ma nemmeno glielo fai intuire. E trascorri il tempo su questo divano, a leggere. Non capisco cosa ti passa per la testa, quali programmi hai».

«Non ho programmi, Bionda. E che io sia innamorata è una tua esagerazione. Certo, il capo mi piace. E non nego che ci penso, qualche volta; ma è solo una fantasticheria, niente di più.»

L'altra si era seduta sull'orlo del divano, ridendo:

«Una fantasticheria, eh? Una fantasticheria che ti ha fatto sentire così in colpa da lasciare tuo marito. Che ti fa rimanere ore e ore al lavoro, dopo la fine del turno. Che ti fa rifiutare ogni invito a uscire da chicchessia. Una bella fantasticheria, niente da dire».

Mora si era tirata su, sedendo accanto all'amica:

«Teresa, io ti sarò grata per tutta la vita di avermi accolta in casa: non avrei saputo dove andare. E stare con te mi piace tanto; al contrario di me, sei una pazza imprevedibile. Però questa non è una situazione che puoi sopportare per sempre, ormai sono sei mesi, no? Da domani mi metto a cercare un posto, così puoi tornare a vivere una vita normale anche tu».

Bionda l'aveva scrutata incredula:

«Mi preoccupo quando mi chiami per nome. E ancora di più mi preoccupano le cazzate che pronunci. Stammi a sentire, Mora: questa non è una sistemazione provvisoria, ma definitiva. Noi due siamo diverse, io ti prenderei a calci almeno dieci volte al giorno, e siamo due colleghe che fanno uno strano mestiere, di quelli che non si possono raccontare in giro; ma siamo anche qualcos'altro. Siamo due sorelle che si sono scelte, che non si sono trovate per caso nello stesso posto e nella stessa famiglia. Quindi scordati di andartene via di qui, se non per trasferirti dall'uomo che ami, perché tu lo ami, e non provare a prendermi in giro negandolo ancora».

Sara aveva appoggiato la testa sulla spalla di Teresa:

«Non lo so se lo amo. Posso dirti che mi manca il fiato se ce l'ho davanti, nelle riunioni. E le volte che siamo da soli, anche nel corridoio, da un lato vorrei morire e dall'altro vorrei rimanere viva per l'eternità. Poi penso alla differenza d'età, all'uomo che è, all'esistenza che ha avuto, e mi sento piccola e inadeguata, e mi sembra assurdo perfino che possa solo guardarmi».

«Mamma mia, quante sciocchezze... Invece ti guarda eccome, e quando ti si rivolge ha sempre un tono profondo, quasi avesse altri pensieri. E tu, che sei in grado di decifrare quello che la gente ha in mente soltanto dalle espressioni e dal linguaggio del corpo, proprio tu che sei di gran lunga la più brava in questa tecnica di interpretazione, non riesci a comprendere che gli piaci e anche tanto?»

«No, non ci riesco. Quando si tratta di lui non so essere obiettiva, non so avere la giusta distanza. Non capisco, non vedo. È la prima volta, sai? Sono proprio inutile.»

«E no, maledizione! Tutto deve succedere, tranne che fissarti di essere incapace! La tua vita è nelle tue mani, Mora. E non ti consentirò di scordartene, chiaro? Ci sono io, con te. E ci sarò sempre, per cui non ti sognare nemmeno di adagiarti nella convinzione di essere incapace.»

Avevano suonato alla porta. Le due amiche si erano scambiate uno sguardo perplesso. Mora aveva detto:

«Marco? Ma non dovevi raggiungerlo tu?».

«Certo, e aspetta la mia chiamata per prepararsi. Non può essere lui.»

Si era allontanata verso l'ingresso. Sara l'aveva udita scambiare qualche parola con qualcuno, poi l'aveva vista tornare con un enorme mazzo di rose tra le braccia e l'espressione sorpresa.

«Vedi che anche Marco riesce a essere romantico? Ti lamenti sempre del fatto che è troppo pragmatico, che non è mai...»

«Non sono per me, Sara. Sono per te.»

«Non può essere, nessuno sa che sto qui, tantomeno Carlo. E poi, non credo proprio che farebbe un gesto come questo. Dev'essere un errore.»

Teresa stava aprendo il biglietto che accompagnava le rose, senza chiedere alcun permesso alla destinataria che nemmeno aveva protestato.

Man mano che leggeva, Bionda prima aveva sorriso, poi aveva spalancato la bocca e infine era scoppiata a ridere. Sara non aveva avuto il coraggio di chiederle il motivo di tanta ilarità, e neanche ce n'era stato bisogno, perché era stata Teresa stessa a dirglielo.

«È il capo. Al quale nulla sfugge e sa benissimo che stai qua da me, pure se non gliel'hai detto. Si scusa per il modo, ma vorrebbe sapere se stasera ti va di andare a cena con lui. Nel caso, scrive, il ristorante è Ciro a via Santa Brigida, alle 21. Ti aspetterà lì.»

Sara era rimasta di sale. Si era abbandonata sul divano, a peso morto. Teresa la fissava, le rose in mano.

Dopo un silenzio che era sembrato durare un mese, Bionda aveva detto, grave:

«Telefono subito a Marco e gli dico che prima di domani mattina non si parte, non esiste che io non ci sia quando tornerai a casa. Devo sapere tutto subito».

Sara aveva balbettato:

«Ma io... io non lo so se ci voglio andare... non so se sono capace, e poi che gli dico? Di che parlo?».

«Fesserie, dettagli inutili. Adesso la questione vera, quella più vitale e impegnativa, è una sola. Bisogna trovare una risposta alla domanda centrale.»

Mora aveva sbattuto le palpebre:

«Quale domanda?».

Teresa aveva sbuffato:

«Che ti metti?».

IV

Che ti metti?

Le volte in cui aveva ricordato quel momento, aveva sempre provato disagio.

Era una donna razionale. Non credeva alle intuizioni a sfondo magico, né ai messaggi dell'inconscio. Ma quella domanda chiara, limpida, secca come uno sparo nella notte e che l'aveva fatta svegliare d'improvviso, restò per sempre senza una spiegazione logica.

Si ritrovò seduta sul letto, con l'impressione che qualcuno avesse pronunciato ad alta voce quella incongrua frase nel buio della stanza. L'orologio sul comodino segnava le 5.03. Unico rumore: una sirena in lontananza, così distante da non poter essere stata la causa del suo risveglio di soprassalto.

Che ti metti?

Come fosse di vitale importanza. E non stava sognando niente, o almeno non rammentava nessuna fantasia onirica che potesse fornire una spiegazione. Ricordava soltanto quella domanda posta da una voce di donna, giovane, con qualcosa di familiare. Ma che sul momento non riusciva a inquadrare.

Quello che invece inquadrava alla perfezione era l'inquietudine che provava. Il cuore le pulsava in gola, il respiro era accelerato. Si passò una mano sulla fronte, e non fu sorpresa di trovarla sudata.

Andò alla finestra. La pioggia, che aveva continuato a martellare sui vetri fino a mezzanotte, si era concessa una pausa. La luce dei lampioni illuminava la strada piena di pozzanghere.

Che ti metti?

Ma che domanda era? Lei, che non aveva mai dato alcun peso all'abbigliamento. Lei, che non si era mai preoccupata di come vestirsi nemmeno a trent'anni. Lei, che con Massimiliano aveva riso di chi spendeva cifre assurde per un paio di scarpe.

Tentò di riaddormentarsi. Si rigirò nel letto per un po', poi si rassegnò a una doccia che tuttavia non placò la tensione. Perché per una come Sara, abituata a interpretare i toni, quella frase – al di là della banalità dell'argomento – era una specie di richiesta di aiuto.

Giunse presto a casa di Viola, con almeno mezz'ora di anticipo rispetto a quanto concordato. Si prestava di buon grado a occuparsi del piccolo Massi, dando una mano alla ragazza che da pochi giorni aveva intrapreso un lavoro part time presso la redazione di una testata online. Le faceva piacere che la nuora avesse ritrovato un interesse professionale: riteneva che le facesse bene, e perdipiù consentiva a Sara di esplorare meglio il bellissimo ruolo di nonna che non avrebbe mai pensato di rivestire così volentieri.

Viola manifestò sorpresa per l'arrivo anticipato, poi si lanciò subito nel vortice dell'abituale fretta con cui avviava la giornata. Aveva una naturale propensione al disordine esplosa con la nascita del figlio, ed era sempre in ritardo; non avrebbe mai chiesto aiuto alla madre, donna invadente e petulante con la quale aveva un rapporto pessimo, mentre con Sara condivideva un imprevedibile sentimento di amicizia e confidenza. L'unica di cui si fidava abbastanza da lasciarle il bambino.

Sara volle approfittare del fatto che non pioveva per portare Massi a fare una passeggiata. E mentre lo assecondava nello sconclusionato chiacchiericcio della sua età, non smetteva di sentire quella frase.

Che ti metti?

E, fatalmente, a chiedersene il senso. Si concentrò su ciò che aveva fatto la sera prima, le pagine del libro che aveva letto, il programma di approfondimento giornalistico che aveva seguito durante la cena. Non trovò alcun riferimento, alcun argomento che l'avesse colpita tanto da creare nel subconscio la domanda riemersa nel dormiveglia. Niente di niente.

Nella lunga attività professionale ormai conclusa da anni, Sara era stata un'agente all'interno di un'Unità dei Servizi che si occupava di intercettazioni e di sorveglianza. Aveva un talento speciale, affinato con studi attenti e molte letture, nell'interpretare il linguaggio non verbale. Era in grado di comprendere con precisione sorprendente pensieri e sentimenti non espressi, attraverso gesti, espressioni, atteggiamenti. E anche attraverso il tono della voce.

Nessuno – in un filmato sgranato, in una stanza con una microspia o al tavolino di un bar – aveva mai pronunciato la domanda: *Che ti metti?* Non c'erano stati movimenti delle mani, accavallamenti di gambe, grattate di naso da interpretare. Niente di niente. Sara aveva sentito quella frase dentro di sé.

E perché l'aveva sentita?

Cominciò a piovigginare, e tornò in fretta a casa del bambino. Le terapie subìte avevano lasciato Massi piuttosto cagionevole, l'umidità poteva farlo ammalare.

Il pensiero la condusse a Nico, e il disagio aumentò a dismisura.

Qui però i processi mentali erano leggibili. Nico era il chirurgo romeno conosciuto da Sara più di trent'anni prima, nel corso di un'operazione che l'aveva vista agire sul campo mentre lei, di norma, svolgeva attività d'ufficio. Era il fidanzato di una dottoressa, anch'essa dell'Est Europa, che aveva rischiato di essere uno strumento nelle mani della gente senza scrupoli che, allora come adesso, popolava la scena internazionale dei Servizi.

Sara lo aveva poi perso di vista, salvo imbattersi in lui quando c'era stato bisogno di curare il piccolo Massimiliano, affetto da una grave patologia che poteva essere risolta da un miracoloso intervento chirurgico. L'unico in grado di praticarlo era appunto Nico, che si nascondeva dietro un'identità fasulla. In quell'occasione, Sara aveva scoperto che la vita dell'uomo era stata segnata dalla vicenda in cui le era stato necessario coinvolgerlo; e che, oltre a vivere sotto mentite spoglie, il dottore aveva dovuto rinunciare alla donna amata.

Nico aveva perciò ottimi motivi per negarle il proprio aiuto; ma aveva comunque praticato l'intervento, salvando la vita al bambino e mostrando di aver compreso che Sara non avrebbe potuto comportarsi altrimenti. In cambio, le aveva chiesto di sapere cosa fosse accaduto ad Ana, la fidanzata di allora. Sara aveva fatto di più: l'aveva rintracciata. E gli aveva detto dov'era.

Da quel momento, e per alcuni mesi, non ne aveva avuto notizie; si augurò che stesse bene e che il destino gli avesse fatto riprendere i contatti con la donna. Ma tre giorni prima aveva ricevuto un messaggio: Nico le domandava un incontro.

Non gli aveva risposto. Le sembrava di aver già ricambiato l'enorme favore che lui le aveva fatto. E soprattutto, cosa che aveva difficoltà a confessare persino a se stessa, il chirurgo le procurava un'agitazione che non le piaceva; le alterava gli equilibri, andando a toccare corde ormai sopite.

Adesso però, mentre la pioggia aveva ripreso a infuriare e il piccolo che portava il nome dell'uomo che era stato il suo grande amore combinava con sorprendente abilità le tessere di un puzzle, Sara pensò che la frase da cui era stata svegliata poteva essere la voce della sua inquietudine. Forse non avrebbe dovuto sfuggire a quell'incontro: aveva età e stabilità sufficienti a guardare serena in faccia un uomo col quale aveva da tempo chiuso i conti.

Lo avrebbe ascoltato, e gli avrebbe chiesto che cosa potesse fare di nuovo per lui. Perché grazie a quel medico aveva ancora il suo nipotino, l'altro Massimiliano della sua vita: e di questo gli sarebbe stata grata per sempre.

Che ti metti?

Forse era quello il motivo del suo risveglio agitato. Forse era la paura, forse il rifiuto di una situazione anomala. Lei con gli uomini non ci aveva mai saputo fare. Ne aveva amato uno soltanto, e aveva perduto un figlio senza essere stata la madre che avrebbe dovuto.

C'era una sola persona con la quale aveva parlato di sentimenti, rifletté. Una sola persona ad averla capita e aiutata, anche se era così diversa da lei. Una sola persona a cui avrebbe chiesto consiglio.

Afferrò il cellulare e mandò un messaggio a Teresa. Non la vedeva né la sentiva da quasi un mese, da quando si era chiusa la vicenda del Bombardiere; ma adesso aveva proprio bisogno di prendere un caffè con quella strana, assurda amica che era una specie di sorella.

Sorrise, digitando, perché immaginò il sopracciglio di lei che si alzava, e il ghigno beffardo di fronte al codice che definiva luogo e orario dell'incontro.

Sorrise, perché immaginò che Bionda avrebbe risposto con il consueto, laconico assenso.

Sorrise, perché sarebbe stata lei, Teresa, a dirle cosa mettersi.

Sedette sul tappeto a giocare col bambino.

Fuori rimbombò un tuono.

V

L'ometto uscì dal palazzone grigio e anonimo alle 17 in punto, mischiandosi alla folla che sciamava nell'ingorgo della grande città dei ministeri.

Impossibile distinguerlo tra cappotti e impermeabili scuri, ombrelli aperti, qualche cappello, baveri sollevati per ripararsi dal vento; donne e uomini, nessuno che scambiasse più di un rapido cenno di saluto, passo svelto e attenzione a scansare le pozzanghere.

In molti si immersero nelle fauci della metropolitana; altri si ammassarono alla fermata del bus. I restanti si riversarono nelle vie adiacenti, un nero liquido umano in cerca di sbocco.

L'ometto camminò rasente al muro, cercando di schivare l'acqua che cadeva dai cornicioni e dalle grondaie. Si infilò in una rimessa e meno di due minuti dopo ne uscì alla guida di un'utilitaria, incolonnandosi nella paziente attesa del semaforo verde.

Non accese la radio, non distolse lo sguardo dalla strada, non staccò dal volante le mani posizionate sulle dieci e dieci. Gli occhi non tradivano emozioni: nessun fastidio per il traffico disordinato, nessuna reazione alle prevaricazioni di automobilisti maleducati che continuavano a scartare per guadagnare inutili centimetri nella quotidiana corsa serale verso casa.

Ma lui non andava a casa. Non ancora, almeno.

Le strade strette divennero larghe, poi divise in due. Il traffico rimase intenso per oltre un'ora; e quando finalmente si fece veloce, lui percorse raccordi e autostrade per un'altra ora almeno. Dopodiché affrontò curve e tornanti, sino a giungere nella scialba periferia di una città di medie dimensioni. Imboccò una via in cattive condizioni, mentre la pioggia rinforzava.

Si fermò in un cortile, all'esterno di un capannone industriale immerso nel buio. Sembrava abbandonato. Lampeggiò due volte in rapida sequenza e una sola volta dopo un po', e si dispose all'attesa.

Passarono cinque minuti, scanditi dal tergicristallo che sgomberava il parabrezza dalla pioggia. L'ometto non staccò le mani dal volante, né gli occhi dalla parete in metallo, mattoni e intonaco scrostato del vecchio capannone. Non successe nulla.

A un certo punto l'ometto percepì l'apertura dello sportello posteriore destro, l'abbassamento della corrispondente sospensione sotto il rilevante peso di chi si era accomodato sul sedile e la successiva chiusura della portiera. Non si voltò, né variò la propria posizione. Tergicristallo. Respiro ritmico e profondo del passeggero. Tergicristallo.

Poi il personaggio appena arrivato parlò, con voce rasposa e profonda e un gutturale accento straniero.

«Non dura a lungo, ancora. Tre giorni, quattro forse. Più tre, però.»

L'ometto rifletté un istante.

«Sicuro del dosaggio, sì? Magari, diminuendolo un poco, dura di più. Io ho bisogno di tempo, per trovare il posto.»

L'altro sbuffò:

«Cuore, reni di lei non si fregano di tuo tempo, dottore. Io dico tre giorni, poi problema risolto. Come si doveva fare subito, io detto».

«E io ti ho risposto, Grigori. Lei è della vecchia scuola, come noi. Avrà fatto in modo di avere un'assicurazione. Documenti, prove consegnate in custodia a qualcuno. Se non so per certo che non esiste niente, non posso farla fuori. Ma io credo di sì, nei trent'anni trascorsi dentro quella struttura le sarà passato per le mani di tutto. Non mi fido.»

Grigori rise.

«E tu come sa questo, se signora dorme e alla fine muore? Lascia che io svegli, e che convince lei a parlare. Mai visto uno zitto, se Grigori vuole sapere. Io fa a modo mio, e...»

Il dottore sollevò la mano destra e tagliò l'aria a metà, con un gesto secco:

«Non se ne parla. Appena la fai svegliare, capisce che non sopravvivrà e non ti dice più niente. Te lo ripeto, è della vecchia scuola. Bisogna fare un accordo, se da qualche parte sono nascosti questi documenti. Si può procedere come dici tu soltanto se siamo sicuri che non ci sono, però io sono convinto di sì, per come la conosco».

Il respiro profondo durò quasi un minuto. Grigori rifletteva.

Alla fine disse:

«Per fare accordo tu devi parlare, e lei deve vedere tua faccia. Cazzi tuoi, dottore. Ma se tu non trovi posto, signora muore. E magari qualcuno la sta cercando, e chiede in giro dove…».

«No, ho fatto le mie verifiche. È sola, niente famiglia e niente amici. Non frequenta nessuno, esce di rado la sera. Sta attenta a non raccontare quello che fa, te l'ho detto, vecchia scuola e anche una carriera decente. È molto brava. Per questo è riuscita a fregarmi.»

«Tu sicuro, sì? Da mie parti, se freghi superiori non fai in tempo nemmeno a sorridere, ti dico io.»

«Non può essere stata che lei, è l'unica ad avere accesso a quelle informazioni. Quando ti ho chiamato per avvertirti, me n'ero accertato. Altrimenti non ti avrei chiesto di venire giù, dopo tutti questi anni. È stata lei a trovare la donna in Sardegna, è stata lei a collegare l'incidente aereo col Bombardiere, è stata lei a scovare le audiocassette e a passarle a quel giornale di merda. Non ho dubbi.»

Grigori si sistemò meglio. La sospensione gemette.

«Scusa, dottore, e tuoi colleghi? Signora dirige nucleo, no? Come dite, *otryad*, squadra. Come sparisce da sera a mattina?»

«Io sono il suo superiore diretto, almeno quello che deve controllare. Ho scritto una domanda di aspettativa per motivi di salute, senza termine di tempo, e l'ho firmata a suo nome; l'ho accettata formalmente, ho allegato un paio di referti con un bel tumore ai polmoni e l'ho inoltrata in duplice copia. Il suo vice porterà avanti quelle quattro fesserie che fanno, che consistono in una sorveglianza dei social di un centinaio di persone, il lavoro più inutile del mondo. E tutto è risolto.»

Di nuovo lo straniero rise:

«Che bella vostra *byurokratsiya*, dottore. Carta falsa, tutto risolto. Mie parti devo ammazzare sei persone, per stesso effetto. Ma resta problema, tu capisce? Tre giorni di iniezioni di medicinale, e signora muore. Se succede, tu sa che io mi libero di cadavere e torno a casa, senza prendere contatto con te o con altro. E fine viaggio, come bei tempi».

«E no, caro Grigori. Sappiamo benissimo che non sei qui solo per fare visita a un vecchio amico, né tantomeno per lealtà, che nella tua lingua nemmeno esiste come termine. Sei qui per gli affari che continuiamo ad avere in piedi, giusto? Per le navi che sono partite e che ancora partono, cariche di merda radioattiva che voi ci fate la cortesia di interrare da qualche parte, e io neppure voglio sapere dove. Quindi la soluzione del problema è una faccenda che riguarda entrambi, non soltanto il sottoscritto.»

Il respiro pesante si fermò un istante. I peli dietro la nuca del dottore si drizzarono.

Quando Grigori parlò di nuovo, la voce era atona:

«Io posso risolvere problema in due minuti, dottore. Uno qui dentro, altro in capannone. E poi si vede, se nave parte ancora o si ferma. Io dico che parte ancora».

L'ometto non rispose.

Dopo un attimo lo sportello si aprì, e la voce gutturale disse:

«Trova posto, e trasferisci donna. Io torno a casa mia. Aspetto ancora due giorni, capito?».

Non ricevette risposta.

Grigori tuonò:

«Tu capito?».

Il dottore sobbalzò, il cuore in gola.

«Sì, sì, ho capito. Dammi ancora due giorni.»

Lo sportello sbatté.

L'auto ripartì nella pioggia.

VI

Ad Andrea Catapano essere vecchio piaceva moltissimo. Anche se, dovendo discuterne, avrebbe prodotto una lunga lista di distinguo in grado di ribaltare la questione.

Ad Andrea, però, non capitava spesso di discutere dell'argomento. A essere sinceri, Andrea discuteva di rado. Per essere più precisi, Andrea non discuteva mai.

Mese dopo mese, anno dopo anno, andava prendendo sempre più le distanze dal genere umano. La sua condizione, la ferma convinzione di non aver bisogno di nessuno e l'andamento dell'esistenza dal punto di vista personale e professionale, l'avevano reso un misantropo.

Un vecchio misantropo.

Un vecchio misantropo non vedente.

In verità, non vedente non era del tutto esatto. Come gli piaceva dire, Andrea era un *diversamente vedente*.

Odiava i neologismi e il politicamente corretto, e più di ogni cosa lo disgustava l'ipocrisia. Riteneva quel melenso, condiscendente perbenismo la forma di discriminazione sociale più grave. Eppure quella definizione, captata nel corso di un programma televisivo che ascoltava distratto a tarda notte, gli era gradita.

Perché sì, Andrea Catapano in realtà ci vedeva benissimo.

Non con gli occhi, certo. Quelli ormai erano andati, e l'unico segno di vita che davano era il fastidioso lacrimare che lo costringeva a estrarre spesso il fazzoletto. Ma gli altri sensi, tutti, compensavano benissimo quell'assenza, anzi, lo rendevano il migliore quanto a percezioni. Sia perché olfatto, udito, tatto e gusto si erano raffinati oltremisura, sia per altri due fattori importantissimi. Primo: l'acquisizione di informazioni era più rapida, e avveniva con modalità capaci di fargli delineare un quadro più complesso e approfondito di quanto gli consentisse la superficialità della vista. Secondo: il resto del genere umano sottovalutava chi non ci vedeva.

Era quella la cosa più divertente. Ad Andrea piaceva tanto passare per un vecchio cieco: trattato dai più con indifferenza condita di vaga pietà, si rendeva invisibile e poteva perciò navigare indisturbato per qualsiasi mare. Bastavano l'andatura curva, il passo incerto, il viso rivolto al vuoto, ed ecco l'umanità consegnarsi inerme alle sue percezioni. Altro che non vedente: era come possedere l'ultravista, i raggi x.

La solitudine non gli pesava. Non aveva famiglia, non aveva amici. La persona a lui più cara era morta da anni, e le convenzioni e la conclamata eterosessualità dell'altro non gli avevano permesso nulla più di una profonda amicizia. I bisogni fisici, mai ossessivi e soddisfatti quasi sempre in modo mercenario, erano cessati da un pezzo.

Il lavoro nell'Unità dei Servizi non consentiva l'esistenza di una sorta di circolo per pensionati che chiacchieravano dei bei tempi andati. D'altronde, lui da solo stava benissimo. Aveva un mondo da osservare, e ricordi meravigliosi da coltivare.

Tuttavia, c'era un'eccezione.

Una parte della vita precedente, quella in cui le sue osservazioni da *diversamente vedente* rientravano nella formidabile operatività di una squadra, era riemersa. E lo aveva riportato con piacere a una presenza, a una fattività che riteneva ormai un capitolo chiuso.

Per questo il messaggio che aveva ricevuto la sera prima lo aveva fatto sorridere. La voce sintetica dell'applicazione era stata secca e diretta: i giardinetti, la panchina e l'orario.

Andiamo a vedere, aveva detto Andrea tra sé. A vedere, proprio così.

Giunse per secondo, ed era prevedibile. Mora era sempre in anticipo, una sua caratteristica. Ne riconobbe il sentore da una certa distanza, stava sottovento. E non era l'unica percezione.

Sedendosi, disse:

«Come mai hai portato con te il bambino? Qualcosa non va?».

Massimiliano giocava sullo scivolo ad almeno dieci metri dalla panchina, ma Andrea ne aveva intuito la presenza. Come a spiegarle, sussurrò affabile a Sara:

«Hai la testa girata da quella parte, pur sapendo che sarei arrivato da questa: avverto il profumo del bagnoschiuma sul collo. E hai le mani impregnate dell'odore di biscotti, troppo recente se si sente tanto, e tu non mangi mai tra colazione e pranzo. Senza contare la risata del piccolo, che riconosco bene».

La donna annuì, sapendo che l'amico avrebbe percepito in qualche modo anche quel movimento, e non resistette dal rispondergli:

«Quest'ultima cosa l'hai azzardata: l'ho capito dal movimento del labbro superiore, che ha differenziato l'informazione dalle altre. E fossi in te, resisterei anche al tronfio compiacimento della dimostrazione, testimoniato dalle mani intrecciate sulle gambe e dalla posizione del mento. Ma sì, l'ho portato perché tocca a me tenerlo, da quando la madre lavora. Mica ti dà fastidio?».

Andrea fece vagare attorno lo sguardo spento, fiutando l'aria.

«Ma no. Anzi. Una nonnina e un vecchio cieco su una panchina ai giardinetti, alle dieci del mattino: cosa può esserci di più rassicurante? Non fosse per l'umidità, che ci farà male alle ossa. Dimmi pure, Mora. Che succede?»

Sara glielo spiegò. E aggiunse:

«Qualcosa non va, Andrea. Non solo Teresa non ha risposto, ma non ha nemmeno letto il messaggio, lo vedo dalla spunta. Non sarebbe mai stata due giorni interi senza accendere il telefono. E a casa non c'è, non risponde neanche lì».

«E non...?»

«No, non c'è sorveglianza sul posto. Nemmeno in via informatica: niente droni, niente telecamere. E niente auto, nessuno che osservi da finestre. Zero. Ci sono stata in orari diversi, lungo l'intero arco del giorno. Niente di niente.»

Andrea stava con la testa piegata di lato, concentrato:

«Potrebbe essere in missione. Potrebbe essere da qualche parte con qualcuno, sappiamo com'è Teresa, no? Potrebbe essere rimasta in sede per qualche ragione, potrebbe essere a un corso. Potrebbe essere ovunque».

Sara contenne un moto di insofferenza:

«No. Sono andata anche in sede, e non c'è. E quando si allontana da casa per un po' oscura le finestre, lo fa sempre, è maniaca in questo; stavolta le tapparelle sono alzate, come fa se rientra in giornata. C'è addirittura una portafinestra socchiusa, quasi fosse andata nei dintorni per poi rincasare subito. Escludo che sia uscita pensando di non tornare».

«E perché una portafinestra dimenticata aperta, circostanza che può accadere a chiunque sia uscito in fretta, dovrebbe farti immaginare che sia successo qualcosa?»

Sara sbottò:

«Ma non mi hai sentito? Stiamo parlando di una di noi, maledizione! Non di una casalinga che ha scordato di comprare la mozzarella. È una che prende precauzioni in maniera istintiva, che non si fa cogliere alla sprovvista, che è nata e cresciuta guardandosi alle spalle. È Bionda, dannazione!».

L'uomo tacque. I bambini scivolavano ridendo, un minuscolo cane abbaiava.

Poi Andrea disse, a bassa voce:

«Sei terrorizzata. Non se ne accorgerebbe nessuno, ma io sì. Hai una paura fottuta. Spiegami come mai».

«Perché il Bombardiere ha fatto la fine che ha fatto. Perché Teresa ci ha aiutato nella faccenda delle audiocassette. Perché se non c'è qualcuno che sorveglia casa sua, e l'ufficio va avanti senza intoppi, può voler dire una cosa sola.»

«Che qualcuno a Roma sa che è scomparsa. E quindi, o sta agendo sotto copertura e non ha avuto il tempo di chiudere la famosa portafinestra…»

Sara concluse, chinandosi in avanti verso il volto impassibile di Andrea:

«… o qualcuno l'ha fatta sparire. E allora dobbiamo muoverci, e in fretta».

«Perché, se fosse così, avrebbe i minuti contati. E poi c'è l'altro motivo, quello decisivo.»

«Sì. Ha solo noi, Bionda. Non ha nessun altro che la possa aiutare. Solo noi.»

I rumori dei giardinetti sparirono, per Andrea. Rimase il sordo rimbombo del cuore, e il soffio di decine di ricordi. Alla fine, disse:

«Faremo così. Ho una persona che può informarmi, con molta discrezione, su cosa si sappia a Roma dell'assenza di Bionda. Cosa risulti in via ufficiale, beninteso».

«Prendi subito questo contatto, Andrea. Ti prego. Appena saprai la risposta, ci riuniamo anche con Pardo e Viola; e ci mettiamo in movimento. Perché se l'hanno fatta sparire…»

Lui disse, piano:

«Dipende tutto dall'assicurazione. Se non ce l'ha, è già morta. Lo sai».

VII

L'avvocato si domandò quale oscura divinità tramasse contro di lui, più in particolare contro le sue scarpe.

La convocazione era arrivata nel modo consueto: stavolta una ragazza che sembrava una studentessa gli si era affiancata al bar, comunicandogli un numero che era un orario. Nessuna possibilità di replica.

La persona che avrebbe dovuto incontrare era uno degli uomini più influenti del Paese, e forse dell'intero continente. Ma con ogni probabilità era pure il meno influente del consesso che rappresentava, dato che, potendosi mostrare in pubblico, era anche il più sacrificabile.

In tanti anni di onorevole servizio come direttore della comunicazione di quel gruppo dai confini indistinti, l'avvocato aveva solo potuto immaginare l'entità di quanto fosse in gioco. Gli venivano annunciati i problemi e i rimedi auspicati, e stava a lui impartire le istruzioni relative o concordare le azioni con i terminali sul campo, fra i quali il dottore. Le informazioni provenivano da personaggi che incontrava un'unica volta, professionisti che restavano senza nome e si presentavano presso il suo studio con una cartella in mano. Aveva imparato a non porre né porsi domande, perché quello che gli veniva richiesto era imprevedibile: questioni senza apparente importanza, come consegnare una lettera o accertarsi che una persona giungesse sana e salva a destinazione; oppure, come nella recente vicenda del Bombardiere, le circostanze potevano essere più articolate e complesse. E si arrivava a soluzioni radicali.

In quasi vent'anni, le occasioni in cui era stato convocato per incontrare uno dei suoi committenti si contavano sulle dita di due mani. Le ultime cinque volte aveva dovuto recarsi in una tenuta a un'ora dalla città, dove era stato ricevuto da colui che tra sé chiamava "il Giardiniere".

Il nome vero l'avvocato non osava pronunciarlo nemmeno nel silenzio della propria coscienza. Fino a trent'anni prima il Giardiniere era stato un protagonista della finanza d'assalto e delle cronache mondane, ma si trattava di peccati di gioventù: a un certo punto si era ritirato nell'ombra, lasciando ai figli le redini delle imprese. In realtà, aveva talmente allargato il raggio d'azione da avere interesse a far perdere le tracce, per operare in serenità. Ormai in là con gli anni, l'uomo concedeva udienza nel grande orto da lui stesso coltivato. L'avvocato dai capelli candidi sapeva che era un maniaco con la fobia delle intercettazioni, e in questo era simile al dottore che non avrebbe però mai conosciuto.

Giunto al limite del vialetto pavimentato, ultimo segnale di civiltà prima della landa fangosa nella quale l'altro sguazzava come un suino, l'avvocato tossicchiò garbato per attirare l'attenzione.

Il soggetto che l'aveva accompagnato fin lì, ritraendosi a distanza tale da garantire discrezione e sicurezza, era un omaccione vestito di nero con auricolare e rigonfiamento poco sospetto sotto l'ascella. Restò l'unico elemento incongruo nel panorama bucolico, a ricordare dove si trovavano e perché.

Il Giardiniere sembrava solo un giardiniere. Pantaloni larghi di colore indefinibile infilati dentro stivali in gomma, bretelle che solcavano il ventre ampio, camicia in flanella a quadri, guanti da lavoro e cappello floscio. Stava accovacciato nel fango e sistemava il fondo nei pressi di alcune piantine dall'aria smorta.

«Dicembre è un periodo importante per l'orto, sa, avvocato? È il mese del terreno, che è la madre delle piante, che sono la madre di quello che mangiamo. In effetti, si curano tre generazioni. Un lavoro fondamentale.»

L'avvocato fissò triste le proprie scarpe inzaccherate, chiedendosi come si potessero spendere tanto male cinquecento euro. A saperlo prima, è ovvio.

«Signore, ho incontrato il dottore, come mi avete detto, e...»

Il Giardiniere seguitò, quasi non l'avesse udito:

«È il momento dei fungicidi, degli insetticidi. Si fa la pacciamatura con paglia e torba, così si impedisce la crescita delle erbe infestanti. E si mantiene l'umidità del suolo».

L'avvocato si guardò attorno, e gli parve che di tutto ci fosse bisogno meno che di mantenere l'umidità del suolo. I suoi occhi inesperti e cittadini vedevano una specie di palude sconfinata. Ma comprese che non c'era speranza di portare il dialogo su qualcosa di conclusivo, prima che l'interlocutore avesse preso una decisione in tal senso. Quindi emise un fonema di assenso, e attese.

Il Giardiniere proseguì, didattico:

«La lotta agli elementi infestanti è fondamentale, nella coltivazione dell'orto. Il terreno non distingue le piante buone da quelle cattive. Dal punto di vista del suolo, sono figlie. Quindi, uguali. L'acetosella, l'avena, la gramigna e l'ortica per lui valgono quanto il cavolo, il basilico e il pomodoro. E dunque consente la crescita a tutti, come una madre deve fare. No?».

L'avvocato non entrò nel merito; si limitò a fare da sponda, annuendo. Il Giardiniere non apprezzò l'apporto, perché nemmeno si girò dalla sua parte. Continuò, accovacciato, a prendere da un sacco quello che all'avvocato sembrava letame e a spargerlo nei paraggi delle piantine. All'avvocato venne in mente che a toccare quella roba avrebbe di sicuro vomitato.

«E però, carissimo, ci siamo noi. E noi sappiamo bene che la gramigna e l'ortica sono alternative al cavolo e al pomodoro, le pare? Operiamo una scelta, insomma. Decidiamo di preservare e di proteggere il pomodoro, e di fare a meno dell'ortica. Ma come facciamo a fare a meno dell'ortica? Come ce ne liberiamo?»

Stavolta parve aspettarsi una risposta. Fermò a metà il gesto di distribuire il materiale e si voltò verso l'avvocato, l'espressione bonaria. Le guance arrossate dal freddo e la barbetta bianca gli conferivano un'aria da Babbo Natale, impressione accentuata dal ventre prominente che separava le cosce aperte.

L'avvocato si strinse nelle spalle, sempre più a disagio. Aveva qualche brivido e si convinse che gli stesse salendo la febbre.

«La strappiamo via?»

L'espressione del Giardiniere mutò e si fece di cocente delusione. L'avvocato lanciò un'occhiata verso la guardia che restò impassibile, le mani intrecciate all'altezza del cavallo dei pantaloni.

«Speravo in una risposta diversa, avvocato. No, non la strappiamo, perché non consentiamo che cresca. Se siamo costretti a strapparla, siamo stati negligenti. Abbiamo fatto sì che mettesse radici, germogliasse, soffocasse il pomodoro. Così non si lavora, egregio amico. Così non si previene.»

Si alzò a fatica e si avvicinò all'altro. Come a un segnale convenuto, la guardia si mosse e fece un paio di passi verso di loro. L'avvocato avvertì un rivolo di sudore freddo lungo la schiena.

«Il Bombardiere, caro avvocato, alla fine era questo. Una gramigna alla quale era stato permesso di crescere. Ha mai visto i fiori della gramigna? Sono belli, come ogni fiore. Ci si può affezionare, ma si deve rinunciare al pomodoro. Io l'avevo detto che non si doveva concedere al Bombardiere di arrivare tanto avanti. È stato un errore, capace di generare altri errori.»

L'avvocato disse, stridulo:

«Ma anch'io, signore, lo avevo detto, si ricorderà che almeno in due occasioni, nel corso delle riunioni... E del resto ci era stato assicurato che tutto era sotto controllo, e che...».

Il Giardiniere alzò una mano, e la guardia alle spalle fece un altro passo. L'avvocato chiuse la bocca con uno scatto della mascella.

«Non importa, avvocato. È stato tutto risolto, ma è stato necessario uno strappo. Lo strappo è sempre traumatico, lo sa. Sarebbe meglio evitare. Ma se vogliamo i pomodori anche quest'anno, dobbiamo fare il sacrificio di uscire a dicembre, col freddo e la pioggia, e di sporcarci le scarpe. Perché così eviteremo problemi in primavera.»

L'avvocato cercava di pensare in fretta:

«Signore, ho già preso contatto diretto col dottore, e mi è stato assicurato che la situazione è sotto controllo. Io non dubito che...».

L'espressione del Giardiniere cambiò ancora. Dalla delusione al gelo. Fu come se fosse passata una spugnetta su una lavagna. Gli occhi si svuotarono, le labbra si serrarono, perfino le rughe sulle guance parvero appianarsi.

All'avvocato la cosa suscitò terrore: più che se avesse urlato, o gli avesse rivolto una minaccia esplicita. Più ancora della paura causatagli dalla montagna umana che aveva alle spalle.

Il Giardiniere parlò. E l'avvocato scoprì la vera persona nascosta dietro la finta bonomia agricola, e ne comprese entità e potere.

«Sappia, avvocato, che siamo a conoscenza del problema e della sua dimensione. E che ulteriori soluzioni, come le chiama lei, non sono ben viste da parte nostra, dal momento che, com'è stato per l'aereo e poi per il

Bombardiere, non sono affatto soluzioni: piuttosto, generano problemi sempre maggiori.»

L'avvocato tentò di manifestare il proprio accordo:

«Ma certo, signore, è quello che sostengo anch'io, e mi creda se le dico che...».

La montagna umana, senza apparente motivazione e senza che fosse intervenuto un ordine in tal senso, appoggiò la mano sulla spalla dell'avvocato. La sorpresa fu tale che l'uomo si ammutolì all'istante con una specie di lamento sordo.

Il Giardiniere proseguì:

«Il dottore ha preso contatto con il cardinale Castaldi. Sua Eminenza ci ha informati, e abbiamo concordato con lui una linea d'azione tesa a una strategia conservativa, diciamo così. Presumiamo quello che con ogni probabilità gli verrà chiesto, e ciò non ci dispiace perché ci consentirà un ulteriore livello di controllo. Io sarei intervenuto con maggiore decisione, ma gli altri preferiscono aspettare».

Non sapendo a quale linea aderire, l'avvocato tacque. La mano non si era mossa dalla sua spalla. Il Giardiniere continuò:

«Il dottore del resto è da molti anni una risorsa che si è dimostrata valida. Questo merita rispetto, non le pare?».

Un uccello gracchiò alla sua destra. L'avvocato sobbalzò. Il Giardiniere tornò bonario, come un nonno docile.

«Ci aspettiamo da lei, caro avvocato, che alzi la soglia di controllo. Che segua con cura la faccenda, perché chi lo sa, magari ci sono altri attori in questa commedia, che non conosciamo e che vorremmo conoscere. Ad alcuni di noi sembra eccessiva la stima manifestata dal dottore verso questa signora della sua struttura. Perché lo sa che è una signora, vero, avvocato?»

L'altro deglutì.

Il Giardiniere annuì divertito, come ricevendo una conferma di ciò che pensava, e tornò a occuparsi delle piantine. La mano si strinse sulla spalla, costringendo l'avvocato a voltarsi.

Il colloquio era finito.

VIII

A quel tempo i ristoranti servivano solo per mangiare, la moda delle salette e dei privé non imperversava ancora. Certo, si conversava e ci si tratteneva, ma se non si volevano rischiare incontri fortuiti si andava fuori zona, in provincia o vicino al mare.

Anche per questo Sara e Teresa erano rimaste sorprese dall'invito di Massimiliano Tamburi, capo dell'Unità dove prestavano servizio e soprattutto mittente di ben undici rose rosse a gambo lungo, adesso ricoverate nell'unico vaso disponibile in casa al centro del tavolo, in camera da pranzo.

Perché il ristorante prescelto non era affatto al riparo dalla corrente di possibili conoscenti, ma era anzi tra i più rinomati della città, nei pressi del grande teatro dell'opera dove si svolgevano rappresentazioni prese d'assalto dalla mondanità che, a spettacolo finito, si sfamava proprio là.

Teresa, va da sé, si divertiva un mondo e appariva molto più eccitata di Sara. Aveva determinato di cederle un abito che a Mora sembrava in verità una sottoveste, e soltanto dopo una lunga trattativa aveva lasciato che l'amica portasse una giacca per proteggere le spalle che lei avrebbe tenuto nude. Hai la fortuna di una pelle bruna che non fa vedere che non prendi mai sole, le aveva detto, che senso ha coprirle?

Sara aveva un corpo non in sintonia con il suo carattere. Era asciutta e compatta, ma procace. Il seno prosperoso, i fianchi morbidi e l'addome piatto che usava nascondere dietro un anonimo abbigliamento oversize diventavano provocanti nel vestito di Teresa. Aveva supplicato l'amica di risparmiarle quell'imbarazzo, ma Bionda non aveva sentito ragioni. Aveva perfino imposto un trucco leggero, a seguito del quale Sara, che non sopportava le mistificazioni, nemmeno aveva voluto guardarsi allo specchio.

Solo sulle scarpe l'aveva avuta vinta. Portava un numero diverso da quello dell'amica e non possedeva esemplari dotati di tacchi, e si era rifiutata di sottoporsi a uno shopping dell'ultimo momento. Non era alta e non intendeva diventarlo di botto. Bastava e avanzava quella roba che Bionda le aveva spalmato sulla faccia, non voleva nemmeno immaginare come l'avesse ridotta.

Per strada si era tenuta rasente ai muri, occhi bassi, giacca abbottonata sul seno nonostante il caldo. Aveva mormorato al cameriere il nome di Massimiliano, e quello l'aveva condotta sulla veranda. Il tavolo era appartato, alla fine di una balconata chiusa, per cui non era soggetto al viavai di clienti verso il bagno.

Lungo le scale che portavano al piano superiore, Sara aveva avuto la sensazione di vacillare. Sarebbe scappata lontano da quell'appuntamento che aveva desiderato per mesi. Si percepiva fuori luogo, inadeguata, ridicola e perfino brutta, agghindata come uno spaventapasseri. Durante il breve tragitto le si era affacciato alla mente ogni singolo istante del periodo vissuto da quando se n'era andata di casa, e le era parso di aver sprecato tempo. Avrebbe perso rilevanza agli occhi di Massimiliano, che appena l'avesse vista avrebbe capito quanto fosse ordinaria e di poco conto. Mille volte meglio morire, pur di evitare quella strada verso il patibolo.

Tamburi era seduto di schiena. Ne aveva riconosciuto la nuca, i capelli grigi, il fisico atletico. A lei si era stretto il cuore nel vederlo costipato in una giacca scura, sapendo quanto fosse rapido in ufficio a toglierla per poi rivoltarsi le maniche della camicia sugli avambracci, ad allentare la cravatta, a sbottonarsi il colletto.

Il cameriere se n'era andato e lei era rimasta quasi un minuto in piedi dietro l'uomo, in silenzio, pensando che forse sarebbe riuscita a sgattaiolare via. Poi Massimiliano, come avvertendone la presenza, si era girato. E si era alzato in piedi, felice.

Sara era in grado di leggere le espressioni e i movimenti del corpo sin da bambina. Riusciva a capire a cosa pensassero il padre e la madre, i loro amici, i compagni di scuola, i professori. Carlo era fin troppo semplice da comprendere, e nemmeno le interessava precorrerne i pensieri tanto si dipanavano su una linea retta dall'esito scontato. Con Massimiliano, invece, le era sempre risultato difficile già dal primo incontro. E attribuiva tale difficoltà al fatto che anche Tamburi fosse un esperto nelle intercettazioni, quindi sapeva come schermare i sentimenti; e pure alla propria discrezione, in virtù della quale evitava di soffermarsi su movimenti ed espressioni del diretto superiore.

Adesso, però, si era ancorata allo sguardo di lui, alla reazione di ogni muscolo, alle mani, alla posizione del collo e delle spalle. Si era applicata ai lievi movimenti incontrollati, agli angoli della bocca, all'inclinazione della testa. Gli anni di studio e il suo talento erano stati chiamati in aiuto della donna innamorata, per capire se e quanto lui fosse deluso dal suo aspetto, se la ritenesse brutta o, peggio ancora, insignificante.

Aveva letto. Riletto. E cercato conferma, almeno tre volte nello spazio di un minuto.

Massimiliano era incantato. Si sforzava di non seguire le curve del corpo di lei, ma ogni sua singola parte esprimeva fascinazione.

Non era stato sufficiente a spazzar via il disagio di Sara. La donna aveva continuato a valutare la fuga, a maledire Teresa per averla costretta a combattere quel duello in assenza di corazza.

Lui aveva ordinato spaghetti con le cozze, e Sara si era accodata. Nessuno dei due era riuscito a mangiare e la conversazione languiva, punteggiata di risate incoerenti e silenzi imbarazzati al termine dei quali cominciavano a parlare in contemporanea, chiedendo scusa e poi tacendo di nuovo. Ma gli occhi si erano parlati per tutto il tempo, senza fermarsi mai; e mai si sarebbero fermati per i trent'anni successivi, nemmeno dopo la morte di Massimiliano, perché sarebbero tornati ogni notte anche dopo, e avrebbero brillato a ogni alba, senza mai abbandonare il cuore di Sara.

Alla fine Tamburi aveva pagato il conto ed erano usciti nella sera. Avevano passeggiato a lungo, sfiorandosi le braccia senza mai toccarsi. Lui le aveva raccontato del matrimonio fallito, del lavoro che l'aveva inghiottito senza lasciargli nulla. Degli amici che aveva perso, delle ferite che gli erano state inferte. Camminando senza doverla guardare, sembrava aver guadagnato la facoltà di parlarle a cuore spalancato.

Lei ascoltava la sua voce come fosse una sinfonia. Si sentiva a casa, intima e legata a quell'uomo tanto più grande di lei, così esotico e così profondo, col quale non aveva fatto l'amore e nemmeno l'aveva baciato. Eppure le risultava conosciuto, prevedibile come una strada percorsa molte volte, e di incomparabile bellezza.

Giunti nei paraggi di casa di Teresa, erano rimasti di nuovo in silenzio, uno di fronte all'altra. Massimiliano le aveva detto che sapeva da mesi della sua fuga da casa: doveva per forza essere informato sulla vita della sua squadra. E aveva aspettato quel tempo perché poteva esserci un ripensamento, e in quel caso sarebbe stato contento per lei: significava aver risolto un conflitto interiore. Mentiva, a Sara era apparso subito chiaro dai segnali del volto e dal tono di voce; e ne era stata felice.

Non l'aveva baciata, non quella sera. Le aveva preso la mano premendola con le labbra. Il calore di quella bocca le aveva dato un brivido, la sensazione fisica più forte mai provata, nonostante fosse stata una moglie e una madre.

Le era stato chiaro in quel momento che Massimiliano era l'uomo che aspettava da tutta la vita, e che lo avrebbe avuto per sempre. Quali che fossero gli ostacoli che avrebbe potuto incontrare.

Teresa l'aspettava saltellando per la tensione. Le aveva preparato un piatto di pasta, e quando Sara le aveva chiesto come facesse a sapere che era affamata giacché non aveva toccato cibo, aveva risposto soave:

«Perché vi ho pedinati. Sono o non sono la più brava, negli appostamenti? E se ti avesse maltrattata sarei intervenuta subito, non sei in grado di difenderti da sola. Ora siediti, mangia e soprattutto racconta. Tutto. Abbiamo una lunga notte davanti».

IX

Poche centinaia di metri.

Questione di minuti, a piedi.

A pensarci era quasi incredibile: due centri di potere tanto diversi e talora nemmeno compatibili. Due posti in cui si prendevano o si contribuiva a prendere decisioni che cambiavano il destino di interi popoli, magari dalla parte opposta del mondo.

Due luoghi immersi in silenzi diversi, mossi da ordinamenti diversi, praticati da personaggi diversi, a così breve distanza l'uno dall'altro.

Il dottore conosceva benissimo la strada che separava i due edifici, per averla percorsa più volte. Sapeva a quali angoli girare, a quali semafori attendere e quali vicoli imboccare. Conosceva l'entrata, appartata e anonima, lontana dalla principale ma altrettanto presidiata. Sapeva cosa dire alle guardie e all'impiegata all'ingresso.

Sapeva, una volta dentro, quali erani i cortili e i giardini da costeggiare e i porticati da varcare. Sapeva da quale portone accedere, e quale rampa di scale in marmo attutito da una guida rossa salire.

Poche centinaia di metri per attraversare due mondi. E per trovarsi di fronte a chi poteva, volendo, risolvere il problema.

In cima alle scale lo attendeva un giovane prete, tutt'ossa e occhialuto. Gli fece un inchino con la testa, che lui restituì, e si avviò rapido per un corridoio. Il dottore lo seguì spedito. Conosceva bene anche quel tragitto.

Giunti davanti a una porta, il prete oltrepassò la soglia e chiuse il battente. Dopo un po' riaprì e fece cenno al dottore di entrare, dileguandosi.

La stanza era in penombra; a parte la scrivania, illuminata da una grossa lampada. Era sempre così, giorno e notte. Il dottore era stato lì varie volte, in frangenti di gravi crisi gestite proprio a quel tavolo, e non aveva mai visto aperta la grande finestra sulla parete di lato. Forse era un *trompe l'œil*; o forse il padrone di casa era molto meno interessato al mondo fuori di quanto millantasse.

Dietro la scrivania sedeva un uomo grassoccio dall'età indefinibile. Ciuffi disordinati di capelli rossicci uscivano dallo zucchetto, e il collarino era sbottonato. Sulla punta del naso prominente era appoggiato un paio di lenti da lettura. In una mano aveva una matita, nell'altra una gomma.

Fece una smorfia:

«Ah, dottore, salve. Vede come passo la vita, io? A correggere compiti. Come un maestro elementare».

Il dottore si sistemò sulla poltrona davanti al prelato. Il foglio su cui l'altro stava annotando portava un'intestazione inconfondibile, e non era ancora firmato.

«Dipende sempre da chi sia l'autore del compito che si corregge, eminenza. In questo caso mi sembra più una gratificazione che un compito.»

«Boh... A forza di fare di continuo le stesse cose, forse se ne perde la misura, è vero. Comunque è sempre un piacere vederla, anche se quando ha chiesto l'appuntamento con assoluta priorità mi sono preoccupato. È insolito.»

«Sì, ha ragione, eminenza. In genere è lei a convocarmi, e io, come sa, accorro. Purtroppo la faccenda è abbastanza urgente.»

Il cardinale si accomodò meglio sullo schienale, intrecciando le mani sul ventre. L'aspetto trasandato e bonario non ingannava chi ne conosceva l'acume tagliente e l'enorme astuzia.

«Non voglio farle perdere tempo, e soprattutto non voglio mentirle, dottore. Troppe ne abbiamo viste, perché lei non sappia che appena ho ricevuto la sua chiamata ho fatto i riscontri che dovevo fare, presso i nostri amici. Non posso certo correre il rischio...»

«... di ricevere qualcuno che non ha più titolo per essere ricevuto, eminenza? No, non ci avrei nemmeno provato. Mi dia atto di questo, almeno: di non ignorare come vanno le cose. I nostri comuni amici sono informati. Magari non nei dettagli, ma sulla... sulla faccenda sanno tutto, mi creda.»

«Non devo crederle, dottore. Lo so. E sono curiosissimo di essere messo a parte dei... dettagli. E di scoprire in che cosa posso esserle utile.»

Il dottore rispose, a voce bassa:

«C'è una donna. Ha, o potrebbe avere, delle informazioni che ci sono necessarie. E ha dimostrato, nel ruolo che riveste, di poter creare preoccupazioni. La stiamo trattenendo in una condizione provvisoria, ma ci serve un luogo sicuro dove lasciar maturare la sua volontà di collaborare».

Il cardinale apparve sorpreso:

«Ma davvero? Mi vuole dire che la sua organizzazione non ha un posto dove condurre un interrogatorio in maniera riservata? Sono piuttosto meravigliato, vorrebbe dire che siamo ridotti maluccio».

Il dottore era preparato all'obiezione:

«No, eminenza, non è così. Non l'avrei mai disturbata, di concerto coi nostri amici, se si fosse trattato di questo. La donna è una funzionaria della mia organizzazione. Ha una certa propensione a fare da sola, diciamo così. E possiede una fastidiosa memoria dei tempi andati, con tanto di nomi e cognomi. Comprenderà che non farebbe comodo a nessuno se avesse modo di parlare con le persone sbagliate».

Il cardinale annuì. Sporse le labbra in fuori in una posa meditabonda che in un altro contesto sarebbe risultata persino comica.

«E se non sono indiscreto, dottore, perché non si è pensato, se questa signora è tanto pericolosa, a una soluzione, per così dire, più definitiva? Sia chiaro, sono un uomo di Chiesa e non condivido alcuna forma di violenza, ma ci sono tante vie possibili, un soggiorno in un luogo distante, per esempio, o forme di persuasione più cogenti. Non manca a lei, no?»

Anche questa eccezione era stata preventivata dal dottore:

«Certo, eminenza, ed era la soluzione più immediata oltre che la prima che ci è venuta in mente. Tuttavia non sappiamo se, e in che misura, la signora abbia collocato documenti sensibili in altre mani, documenti che potrebbero essere messi in circolazione in modo molto… fastidioso per tutti. La sua operatività risale a un'epoca in cui, purtroppo, esistevano fotografie, lettere, microfilm. Roba materiale, che poteva essere copiata e ben nascosta».

Il cardinale mormorò:

«Non come ora, con i file in un cloud. Gestibili in maniera diversa. Capisco. Fastidioso, in effetti, dottore. Dice bene. E che avete intenzione di fare, a questa signora?».

«Niente di male, eminenza, glielo garantisco. Ci serve un posto dove tenerla tranquilla, per farle capire che le conviene tagliare ogni ponte col passato e godersi una bella pensione in tranquillità.»

Il cardinale assentì, di nuovo con le labbra sporgenti nell'imitazione di un silenzioso bacio all'aria:

«E una volta consegnati questi documenti, o scoperto che non esistono, lasciare questa donna libera come l'aria. Fidandosi di lei. Capisco».

Il dottore apprezzò il sarcasmo, che condivideva. Fece un ghigno, e disse:

«Esatto, eminenza. Come da manuale, direi».

Seguì un breve silenzio, durante il quale nessuno dei due cambiò posizione.

Poi il cardinale disse:

«Siamo tutti collegati, giusto? Dopo tanti anni, immagino sia così. E i nostri amici, nel raccomandarmi di riceverla, hanno in pratica condiviso la sua preoccupazione; lo faccio anch'io». Si sporse in avanti e sussurrò: «Ha mai sentito parlare del santuario della Canzanella, dottore?».

L'altro scosse il capo.

«È un luogo un po'... particolare, una struttura molto antica, Alto Medioevo, in un posto difficilmente raggiungibile sull'Appennino, le dirò poi con precisione dove. Ci si arriva attraverso un'unica strada, scoperta, impossibile avvicinarsi senza essere visti. È gestito da uno dei nostri ordini monastici minori, non sto a dirle quale. Gente fidata, poco incline a fare domande. Ci mandiamo quelli dei nostri che... che manifestano patologie gravi di ordine psichiatrico.»

«Sarebbe perfetto, eminenza.»

«Diremo che si tratta di una suora, le farò avere un abito, dovrete tagliarle i capelli a zero, attenzione all'aspetto, unghie e il resto, nessun segno di cosmesi. Avvertiremo che crede di essere qualcun'altra, e di non ascoltare le sue farneticazioni. Diremo che non può ricevere nessuno e che l'unica persona che può farle visita è lei, il fratello.»

Il dottore ascoltava con attenzione:

«Certo. Questo mi consentirebbe di portare avanti il dialogo con la donna, per ottenere le informazioni che...».

Il cardinale l'interruppe con un gesto secco:

«Non avrà molto tempo, dottore. Deve fare in fretta. Non intendo mettere a rischio più del necessario la struttura, che opera in condizioni di difficoltà date le leggi di questo Paese. È tutto quello che posso fare per lei. Siamo intesi?».

Il dottore si alzò:

«Certo, eminenza. Intesi».

X

«Quindi, fammi capire: la tua amica sarebbe sparita all'improvviso, dopo essere uscita di casa, forse, per qualche minuto; o addirittura mentre era in casa, perché ha lasciato una portafinestra aperta.»

Sara non rispose a Pardo, si limitò ad annuire. L'altro allora continuò:

«E questo senza che esista una denuncia, una testimonianza o anche solo un indizio. Che so, un oggetto di sua proprietà rinvenuto in strada, qualcuno che l'abbia sentita urlare. E nemmeno tu hai cognizione delle sue abitudini, né avevate un appuntamento al quale non si è presentata. Nulla. Soltanto un tuo messaggio al quale non ha risposto. È così?».

Viola sbuffò, insofferente. Il quartier generale di quel gruppo eterogeneo era stato individuato in casa sua, per facilitare la custodia del piccolo Massimiliano che se ne stava seduto sul tappeto a giocare coi cubi colorati, felice di avere tanta gente a fargli compagnia. E soprattutto felice della presenza di Boris, l'enorme Bovaro del Bernese di supposta proprietà di Pardo che era il migliore amico del bambino. La montagna in forma di cane stava accucciata vigile, a distanza di sicurezza, e ascoltava la conversazione senza nascondere una noia mortale.

«Non ci riesci proprio a non fare il poliziotto, vero? Se Sara dice che è scomparsa vuol dire che è scomparsa, e noi ci dobbiamo dare da fare. Di quante altre prove hai bisogno, per capire che se Sara parla ne ha motivo?»

L'ispettore fissò Viola, torvo. Non poteva dirsi di brutto aspetto: grandi occhi scuri, naso regolare, spalle squadrate. Ma era piuttosto trasandato, barba incolta e brizzolata come i capelli lunghi e spettinati, massiccio e irsuto, dall'aria diffidente e imbronciata.

«Non dico questo, altrimenti manco ci sarei venuto. E se faccio il poliziotto è perché sono un poliziotto, dannazione. Prima di dire che una persona è scomparsa contro la sua volontà – che vuol dire *rapita*, nella migliore delle ipotesi – si dovrebbe essere certi di quello che si afferma. È una cosa grave.»

Andrea se ne stava seduto in disparte, la testa piegata di lato, in ascolto:

«Per quello che può valere, io concordo con Sara. Certo, Davide, hai ragione, non abbiamo elementi oggettivi. Ma Bionda la conosciamo bene, e l'elemento della mancata risposta al messaggio è decisivo: nella funzione che ricopre, nel ruolo che ha, non lascerebbe inevasa una comunicazione come quella di Mora. Non ho dubbi, su questo».

Pardo si succhiò i baffi. Un'abitudine che Viola non sopportava.

«E va bene, allora diciamo pure che è scomparsa. Come escludiamo che se ne sia andata di sua volontà?

Anche volendo fidarsi dell'intuito femminile della nonnina, una portafinestra socchiusa è un po' poco, ne converrete. Quando questa belva ignobile decide di dover uscire, per esempio, io ho tre secondi di tempo per imbracarlo nel guinzaglio. Non mi metto a perlustrare la casa per vedere quante e quali finestre sono semiaperte.»

Viola allargò le braccia, sconsolata:

«Tu sei il casino fatto uomo, il più disordinato del mondo, non fai testo».

Sara intervenne in fretta, prima che Davide potesse replicare. Aveva sviluppato una dote particolare per evitare litigi tra i due, battibecchi che potevano durare un'ora senza portare a niente.

«Dovete capire una cosa importante: il lavoro che abbiamo fatto Andrea e io per tanto tempo, e che Teresa fa ancora, incide su tutto. Comportamenti, modi di fare, abitudini. Sia da soli, sia in compagnia. Diventa una specie di identità, non si fa più a meno di muoversi, parlare, vivere in quella maniera. È come un condizionamento.»

Andrea approvò:

«E proprio per via dei comportamenti di Teresa, di quello che ha fatto e che non ha fatto, ci siamo convinti di cosa può essere successo. E quindi dell'urgenza di affrontare la situazione. Io, ve lo devo dire, sono sempre restio a coinvolgere dei civili nelle operazioni che mettiamo in piedi: ma in fondo siamo ormai civili anche Mora e io, giusto? E devo ammettere che vi siete dimostrati abbastanza all'altezza della situazione, l'ultima volta, dunque...».

Pardo reagì:

«Oh, come sarebbe *civili*? E come sarebbe *abbastanza all'altezza della situazione*? Fino a prova contraria, l'unico appartenente alle forze dell'ordine qui dentro sono io. E l'ultima volta non solo siamo stati all'altezza della situazione, ma l'abbiamo addirittura risolta!».

Sara provò a calmarlo:

«Andrea voleva fare un complimento, in realtà. E tu stesso, dubitando di quello che può essere accaduto a Bionda, capisci che abbiamo diversi modi di pensare, no? Questo può essere molto utile a comprendere com'è andata».

Viola continuava a guardare Andrea, pensosa:

«Scusa, Andrea. Hai detto che avete un'idea di quello che può essere successo. Che significa?».

Il vecchio fu lieto della domanda, come un professore davanti a un'allieva diligente:

«Il fatto che l'abitazione di Teresa non sia sorvegliata e che l'attività dell'ufficio continui senza alterazioni, come Mora ha verificato, restringe molto il campo. Prelevare un'agente, che perdipiù dirige un'unità operativa ancorché ormai periferica, avrebbe implicato una serie di provvedimenti da parte della centrale».

Pardo era sorpreso:

«E come avrebbe verificato, la nonnina? E quali sarebbero i provvedimenti che non sono stati presi?».

Sara rispose, tranquilla:

«La procedura prevede che venga messa subito sotto stretta sorveglianza l'abitazione. E che, in caso di assenza ingiustificata del caposezione, l'attività di un'unità venga sospesa se questa ha meno di venti addetti, che è appunto il caso che ci riguarda. Sono stata due giorni tra la casa di Teresa e l'ufficio, e vi posso assicurare che nessuno sta sorvegliando niente. E che gli addetti stanno andando con regolarità al lavoro».

Andrea intervenne:

«E anch'io ho fatto una verifica, presso l'ufficio del personale dove ho una persona amica in servizio. Ho fatto in modo di essere sicuro che la mia richiesta restasse riservata, date le circostanze».

Pardo sbatté le palpebre:

«Che vuoi dire?».

Rispose Sara:

«Andrea ha saputo che Teresa è assente per gravi motivi di salute. E che la sua richiesta di congedo per malattia è stata inoltrata per le vie ufficiali e approvata».

Per l'ispettore, questo tagliava la testa al toro:

«E allora è tutto risolto, giusto? La tizia si è ammalata ed è andata a curarsi, e non te l'ha detto per non farti preoccupare. Mi sembra normale».

Andrea scosse il capo, sconsolato:

«Niente, non vuoi capire. Bionda non sarebbe mai sparita senza avvisare. Avrebbe preparato l'assenza, pianificando una sostituzione e soprattutto facendo in modo che Mora e io lo sapessimo. Impossibile che sia andata così. Anzi, è la prova che c'è un problema. E pure grave».

Viola chiese, in un soffio:

«E in che modo è la prova?».

Sara disse, piano:

«Teresa è stata presa da qualcuno che ne conosceva abitudini, ruolo e funzione. È stata presa a seguito dell'aiuto che ci ha dato nella vicenda del Bombardiere, che si è concretizzato nella condivisione di informazioni interne. Chi ha preso Teresa ha agito in modo che nessuno, all'interno dell'organizzazione, si domandi dove sia; e ha agito anche in modo che, per un periodo di tempo, nessuno la cerchi. Basterà far arrivare un certificato medico per prolungare l'assenza. L'Unità è periferica e ormai ha un ruolo di sorveglianza informatica, applica in maniera automatica direttive che vengono da Roma. Nessuno si domanderà che fine abbia fatto».

Pardo dedusse, impressionato:

«E questo vorrebbe dire che chi l'ha presa…».

Andrea annuì, grave:

«Sì. Chi l'ha presa con ogni probabilità è interno all'organizzazione. O almeno ha un basista, uno che gli dà una mano da dentro».

Sara confermò:

«Il che rende tutto più complicato, sia perché non possiamo aspettarci appoggi, sia perché è gente che ha grandi risorse. Non sarà facile trovare Bionda, tantomeno liberarla».

Viola era sconcertata:

«Scusa, Sara: ma chi ci dice che… Voglio dire, se davvero qualcuno dell'organizzazione, dei Servizi, voleva, che so… punirla per l'aiuto che ci ha dato, oppure non si fida più di lei, o vede in lei un pericolo grave… e ha questa capacità, queste risorse che dici… Allora perché non…».

Benché non formulata, la domanda rimase sospesa nell'aria.

Sara non riuscì a rispondere.

Fu Andrea a spiegare:

«Hai ragione, cara. Secondo logica, avrebbero dovuto eliminarla. Ma abbiamo due motivi per pensare che può non essere così, anche se non possiamo escluderlo. Il primo è che, quando si decide una misura del genere, di solito si mette in scena un incidente. Un pirata della strada, un litigio finito male, perfino qualcosa di passionale. Ci sono innumerevoli modi».

Pardo mugugnò:

«E già, tanto la polizia non scopre mai niente. Come se noi non fossimo capaci di...».

Andrea seguitò, quasi nessuno avesse parlato:

«L'altro motivo è l'assicurazione».

Viola chiese:

«L'assicurazione? Quale assicurazione?».

Sara disse:

«Ai tempi nostri succedeva, ed è probabile succeda ancora, che da qualche parte si conservassero documenti compromettenti. Serviva proprio per non correre il rischio di essere epurati. Lo facevano i più alti in grado, ed era facile che tali documenti non si utilizzassero perché coinvolgevano anche chi li aveva nascosti. Era anche possibile che li si consegnasse a una persona di cui ci si fidava, che in caso di scomparsa inspiegabile o dietro istruzioni li mandava a qualcuno di prestabilito».

Pardo corrugò la fronte:

«E la vostra amica aveva questi documenti? E dove?».

Andrea scosse il capo:

«Non lo sappiamo. Ma il fatto che non sia saltato fuori il cadavere di Bionda ci fa pensare che li abbia, o perlomeno che chi l'ha presa pensi che lei li abbia. L'unica possibilità che ci resta, quindi...».

Pardo l'interruppe, come riflettendo tra sé:

«... è trovare Teresa, oppure trovare questi documenti. Ammesso che esistano».

Andrea annuì:

«Esatto. E c'è un'altra cosa da tenere presente, che è la più dura da immaginare».

Viola guardò Sara:

«Sarebbe?».

La donna fissava il vuoto, priva di espressione:

«Che faranno di tutto per strapparle l'informazione. Di tutto. Ed è gente che sa come fare».

Andrea le disse, dolce:

«È anche vero che Bionda è in gamba, Mora. La più in gamba. E sa bene che, se rivela dove sono questi documenti o se dice che non esistono, due minuti dopo è morta».

Pardo disse:

«Dobbiamo fare presto, allora».

Boris guaì.

XI

Prima della coscienza arrivarono i lampi.

Singole immagini, come istantanee sovraesposte, dai contorni indistinti. Sensazione di movimento, luci improvvise, percepite dietro le palpebre chiuse.

Poi il freddo, terribile, e il tremito incontrollato del corpo, il rumore dei denti. Il suono di una sirena, un sobbalzo. Tutto senza consapevolezza, avvertito come una serie di dolori, un martirio di flagelli che arrivavano inattesi.

E l'impotenza, la voglia di tornare all'istante nelle tenebre.

Quando giunse il primo barlume, c'era silenzio. Nessun rumore, stavolta. Non la pioggia, non la goccia nel recipiente, nemmeno il respiro pesante. Silenzio.

Non aprì gli occhi, non avrebbe sbagliato ancora, non sarebbe stata tanto ingenua. Cercò di comandare a se stessa di non affrettarsi, anche se nella nebbia da cui tentava di risalire era difficile ricordarsi perché. Era difficile ricordarsi qualsiasi cosa, a dire la verità.

Ancora una volta le venne in mente Marco. Una via di mezzo tra un sogno e un pensiero: si trovavano nell'auto di lui di allora, la Lancia Delta rossa che amava più di tutto, come non perdeva occasione di dirle. Marco si voltava verso di lei, guidando piano, e le diceva: basta punture. Basta. Lo sai che più di tanto non reggi, nessuno può reggere. Devi stare attenta.

Lei avrebbe voluto dire: e io che ci posso fare? Però non ne aveva la forza. Pensava: ma perché discutiamo sempre, tu e io? Abbiamo poco tempo, non lo sai? Non ti ricordi, com'è andata a finire?

Aggrappata a Marco come a un pezzo di legno nel mare in burrasca, risalì piano in superficie. La prima cognizione fu il dolore. Le facevano male le gambe e le braccia, soprattutto il braccio sinistro. Resistette alla tentazione di sollevarlo per non mostrare che era più o meno sveglia, ma fu consapevole di essere coperta: sentiva il peso del lenzuolo e di qualcosa di più consistente sopra. Il naso le rimandò un odore fresco, un vago retrogusto di limone, immaginò fosse detersivo. La puzza di muffa e di rancido, avvertita quando si era risvegliata la volta precedente, era scomparsa.

Il che le riportò alla mente quanto aveva avvertito subito prima di essere addormentata di nuovo, e cioè la cinghia al polso. Il lenzuolo le nascondeva le braccia, quindi avrebbe potuto tentare di capire se e come era legata: adesso la mano non si bloccò, percorse qualche centimetro di letto in assoluta libertà.

La fragranza di pulito, il silenzio, la mano libera si aggiunsero ai lampi di coscienza, alle luci, alla sirena, al freddo e ai sobbalzi. Era stata trasportata da un luogo a un altro. Con sorprendente velocità, il cervello di Teresa cominciò a funzionare, mettendo in relazione le cose e andandosi a cercare i ricordi recenti. L'avevano presa. L'avevano tenuta chissà dove iniettandole merda nelle vene. Poi l'avevano portata da un'altra parte.

Non sentiva nessun respiro, ma ritenne opportuno non aprire gli occhi. Non ancora. Marco era stato chiaro, non avrebbe retto a lungo in quelle condizioni, andava evitata un'altra iniezione. Poteva ragionare, però.

Non era morta. Un elemento rilevante. Avrebbero potuto metterla sotto mentre correva, quella mattina (quanto tempo prima? Era da scoprire, ed era importante); ma non l'avevano fatto. Si sforzò di rammentare se aveva riconosciuto qualcuno, se c'era una faccia, una voce, un particolare che l'aiutasse a comprendere chi l'avesse prelevata e perché. Ma non c'era niente.

Decise di sollevare piano una palpebra. Si augurò che non fosse dal lato in cui magari qualcuno la stava scrutando, con un respiro così lieve da non essere percepito. Alla piccola porzione di vista si offrirono l'angolo di un mobile e un pezzo di parete grigia. C'era una luce lattiginosa, che rimandava a un tardo pomeriggio.

Tossì. Non seppe evitarlo. Serrò la palpebra, sperando che, se c'era qualcuno, non l'avesse udita. Non successe nulla.

Abbandonò ogni cautela e aprì gli occhi.

La stanza era anonima, tre metri per quattro, letto, comodino, una poltrona e un tavolino con una sedia addossato alla parete. C'erano un armadio a doppia anta e due porte. Una, socchiusa, lasciava intravedere un bagno. L'altra era serrata.

Sulla parete di fianco al letto, abbastanza ampio ma per una sola persona, c'era una finestra senza maniglia dalla quale scorgeva un cielo scuro. Nella stanza, oltre a lei, non c'era nessuno.

Con difficoltà, trasse dalla coperta il braccio intorpidito. La mente era ancora piena di nebbia. Scoprì l'altro braccio, e si accorse dei segni di molteplici iniezioni. Ne contò sedici, e si chiese a quanto tempo di sonno sintetico corrispondessero.

Sentì le lacrime salirle agli occhi. Le ricacciò. Era viva, e ci doveva essere un motivo. Bastava capire, e avrebbe stabilito una strategia. Quelle come lei facevano così.

Sul comodino c'era un bicchiere con dell'acqua. Avrebbe voluto bere, ma non aveva forza sufficiente nel braccio. Avrebbe dovuto attendere.

Adesso, però, poteva pensare con maggiore fluidità. L'avevano presa non lontano da casa. Era successo giorni prima, forse settimane. Era consapevole di quanto l'Unità avesse perso importanza, via via che il mondo digitale prendeva il sopravvento e gli incontri tra i sospetti da intercettare si facevano sempre meno frequenti: ma una dirigente del suo grado non poteva sparire senza dar luogo alle procedure di ricerca. Quindi, non liberarsi di lei facendola fuori era un rischio enorme, per quanto immaginassero sicuro quel luogo.

Perché lo avevano fatto? Che cosa li aveva spinti a rapirla, e che cosa impediva loro di ucciderla?

Le venne sonno, tentò di mantenersi sveglia per dare risposte a quelle domande.

Di rilevante c'era stata solo la recente operazione del Bombardiere, assieme al ritrovamento delle audiocassette: ma era stata una cosa di Sara, Andrea e del loro gruppo. Lei si era limitata a fornire le informazioni che era riuscita a reperire. Era sicura di essersi tenuta al riparo da ogni evidenza, quindi nessuno poteva aver ipotizzato che avesse avuto una funzione nella vicenda.

Perché rapirla, allora? Forse volevano usare lei per ricattare i Servizi? No, nemmeno in un eccesso di autostima avrebbe immaginato di essere così importante da determinare uno scambio. E se l'avessero creduta in possesso di informazioni strategiche, erano destinati a rimanere delusi.

A meno che non fossero interessati a ciò che lei sapeva. Allora era un altro discorso. Perché nella lunga e ininterrotta militanza, Teresa aveva acquisito fior di informazioni su quasi tutti gli uomini di potere che conclamavano onestà specchiata: politici, finanzieri, capitani d'industria, uomini d'affari. Ma si trattava appunto di dati non utilizzabili: primo, perché non li avrebbe mai rivelati; secondo, perché non esistevano documenti né prove a sostegno. Certo, alcune di quelle storie sarebbero state letali se messe in giro, prove o non prove: ma non tanto da correre il rischio di rapire una funzionaria di alto grado dei Servizi segreti a pochi metri da casa.

La luminosità andava calando, il che voleva dire che stava venendo sera. Dietro il letto, una luce nascosta nell'intersezione tra parete e soffitto si accese.

Una luce accesa in automatico, dall'esterno. Come avviene in ospedale, in clinica. O in carcere.

Perché l'avevano presa?
Cosa volevano da lei?
Il sonno ebbe la meglio.
Ma prima di lasciarsi andare, Teresa pensò a Marco.
E a Sara.

XII

Per l'intero viaggio in treno, Andrea pensò al tempo.

Era una situazione insolita, per lui. Non perché non fosse in grado di andarsene in giro da solo, anzi: era uno stimolo, un'esercitazione dei sensi alla quale si sottoponeva volentieri. Ma per assolvere a quell'allenamento non aveva bisogno di un Frecciarossa fino alla capitale; bastava una passeggiata in centro, ad andatura veloce. Meglio di un videogioco, a sentir parlare gli studenti della scuola media davanti a casa.

Stavolta, però, era stato necessario un viaggio fin là. Perché certe chiacchierate non si possono fare in un mezzo in cui è facile effettuare intercettazioni, per giunta tra persone di sicuro sottoposte a controllo d'ufficio.

Quindi Andrea, al suo comodo posto, tra un'offerta di salatini e di un succo di qualcosa, fingendo di sonnecchiare per non rischiare conversazioni indesiderate, pensò al tempo.

Aveva conosciuto Daniela quasi quarant'anni prima. Prima di un sacco di cose, rifletté. Prima dei telefonini, dei computer. Prima dei software, delle tv commerciali. Prima che la politica passasse da una destra giustizialista e una sinistra garantista a una destra liberista e una sinistra protezionista. Prima che l'Est diventasse Ovest, e viceversa. Due mondi diversi, in quarant'anni.

Daniela era una ragazza assunta da poco, mandata a ingrossare il personale dell'archivio. All'epoca era un reparto in auge. Non c'era ancora il *clic* che offriva connessioni, legami, confronti e caterve di informazioni. Se volevi sapere qualcosa o conoscere qualcuno, se volevi legare un'immagine a un nome e a una funzione, l'unica era alzare il telefono, oppure fare cinque piani in discesa e andare nel vasto sotterraneo in cui i *topi* – così erano chiamati gli addetti a quel comparto – si muovevano agili nella semioscurità e tiravano fuori il fascicolo, l'incarto o il dossier giusto. E di rado fallivano.

A ben riflettere, Andrea conosceva Daniela da prima di chiunque. Di Bionda e di Mora, per esempio; e anche di Massimiliano, che lo aveva tirato fuori di lì intuendone le straordinarie capacità, portandolo dentro l'Unità che stava costituendo e a un sentimento che fino ad allora gli era stato ignoto.

Ricordava persino la faccia, di Daniela: non aveva ancora perso la vista, anche se il processo era ormai avviato. Viso delicato, naso all'insù, occhi pieni di curiosità, capelli neri e lisci, a incorniciare l'ovale. Una quindicina d'anni meno di lui, curiosa e vivace, piena di vita e di speranze. Era rimasta affascinata da quell'uomo gentile, pacato e mai prevaricatore, che non faceva pesare il grado ed era sempre disponibile all'ascolto.

Si era accorto tardi che la stima professionale nascondeva un altro sentimento; e quando se n'era reso conto era intervenuto subito, per non darle un dolore e non perdere quella delicata amicizia. Una sera di pioggia, davanti a una birra in un fumoso bar del centro in cui suonavano jazz, le aveva confidato la propria natura e la scelta dolorosa di non manifestarla, in quel tempo così poco incline alla tolleranza.

Il rapporto si era raffreddato, sul momento. Ma poi Daniela l'aveva cercato di nuovo, ed erano rimasti in contatto attraverso i decenni e i cambiamenti. Si era sposata, aveva divorziato. Aveva avuto una relazione con un vigliacco che alla fine non aveva scelto lei nonostante l'amasse. Lunghe telefonate notturne, tante lacrime e il sostegno di quell'antico, dolce amico che non ci vedeva ma capiva benissimo.

Lo smantellamento dell'archivio per via del trionfo dell'informatica l'aveva fatta passare da un piano all'altro, sino all'ufficio del personale. Dopo l'uscita dal servizio, Andrea aveva seguito attraverso i racconti di Daniela l'evoluzione di quello che per quarant'anni era stato il suo lavoro. Adesso era lui ad avere necessità di aiuto: e lei gli aveva detto di sì, con preoccupazione sincera. La sua voce al telefono non mentiva, neppure nei monosillabi.

Ne avvertì la presenza alla fine del binario, e le sorrise. Lei disse, meravigliata:

«Prima o poi mi dovrai spiegare come sia possibile. Non mi sono mossa e non ho detto una parola».

«Io ricordo i profumi, gli odori e i suoni come voi sfortunati ricordate le facce. Tre a uno. E non ti ho ancora accarezzato il viso.»

Lo fece, con delicatezza. Ripassò l'ovale sulla punta delle dita. Sentì le rughe nuove, la malinconia delle ore di solitudine, e la riconobbe perché era anche la sua. Poi le prese un braccio:

«Dài, portami in un caffè. Questa stazione ha un piano intero di bar e ristoranti. Così parliamo».

Daniela sapeva di che luogo avevano bisogno per stare tranquilli. Perciò individuò un tavolino nel pieno della confusione, in mezzo al viavai di avventori in cerca di un panino sintetico o di una pizzetta insapore purché a basso costo.

Andrea apprezzò:

«Non hai dimenticato gli insegnamenti del vecchio maestro».

«Magari fossi capace di dimenticare, Andrea. Noi non dimentichiamo. Siamo quelli dell'archivio, destinati a ricordare. È la nostra dannazione, no?»

Per tutto il tempo si tennero la mano, come due vecchi innamorati. Andrea le sfiorò i capelli:

«Li tingi. Quindi sono ingrigiti. La mia piccola Dani con la chioma grigia. Incredibile».

Lei rise:

«Ho sessant'anni, amico mio. Sono un'anziana signora, ormai. Certo che sono ingrigita, e pure rugosa. E mi fanno persino male le anche. Però sono ancora in grado di ubriacarmi, se mi ci metto. Adesso mi vuoi dire che succede? Vederti venire fin qui mi ha fatto preoccupare. Perché non hai voluto che ti raggiungessi io?».

«Perché sei in servizio. E chi è in servizio, se si sposta, viene rilevato. Lo sai meglio di me. E siccome al momento ignoro la rilevanza interna di questa faccenda, cosa che forse tu puoi aiutarmi a scoprire, non voglio metterti in pericolo.»

Senza entrare nel merito della questione del Bombardiere, le raccontò di Teresa, conosciuta nell'esperienza successiva a quella da loro condivisa. Le confidò la preoccupazione per il fatto che fosse scomparsa, per il congedo per malattia, e non fece parola di Sara. Le disse che quell'assenza prolungata gli sembrava strana: dato il carattere introverso dell'amica, magari aveva bisogno di aiuto e non glielo aveva chiesto.

Daniela lo ascoltò in silenzio. Poi disse:

«Non mi rende felice che tu non mi ritenga degna della tua totale confidenza».

Lui protestò, ma lei lo interruppe decisa:

«Tutte queste precauzioni, il tuo viaggio fin qui, i dubbi sulla rilevanza interna della vicenda, il non volerne parlare al telefono… E adesso mi dici di un carattere introverso che ha bisogno forse di un aiuto che non chiede? Posso dirti cosa penso?».

Andrea fece un inchino con la testa. Daniela riprese:

«Penso che la tua amica si sia messa in qualche guaio, e che il guaio sia serio. Penso che la tua forte preoccupazione per lei sia dovuta in effetti alla sua salute: ma non nel senso che intendevi. Questo, penso».

Andrea non negò né confermò, ma assunse un'espressione triste.

«Vorrei chiederti qualcosa che non potresti dirmi, e sai che non lo farei mai se non fossi davvero preoccupato. Vorrei chiederti chi ha trasmesso la richiesta di congedo, e chi l'ha autorizzata; e soprattutto se la cosa è passata sotto silenzio. Ma se non te la senti di assumerti il rischio, lo capisco. Ti voglio bene, non ti metterei mai nei guai.»

La donna gli accarezzò col pollice il dorso della mano, che non aveva mai lasciato.

«Te l'ho detto: ho sessant'anni. E non c'è nulla che conti più del nostro rapporto. La richiesta della tua amica è stata autorizzata dal responsabile della sorveglianza della sua unità, Gabriele Corsini. Lui avrebbe potuto disporre controlli e vigilanza, come vuole la prassi, ma non l'ha fatto; quindi il mio ufficio ha posto l'autorizzazione nello scadenzario, in attesa del regolare rientro in servizio oppure della proroga in caso di prolungamento dello stato di malattia.»

Andrea annuì, la fronte corrugata:

«Corsini. Non mi suona nuovo. Va bene, tesoro, io ti ringrazio e...».

Daniela gli strinse la mano:

«Ma non è tutto, in realtà. Qualcosa di strano è successo, e lo so perché mi sono trovata io a rispondere, proprio ieri».

Andrea si piegò in avanti:

«Cosa?».

Daniela abbassò la voce, conscia che Andrea fosse in grado di ascoltare anche nel rumore della stazione:

«Abbiamo un ufficio che fa, diciamo, da ispettorato. Pochi elementi con facoltà di mettere il naso dove vogliono. In teoria, ma anche in pratica, possono presentarsi senza preavviso ai piani alti, anzi, altissimi, e aprire i cassetti per guardarci dentro. Ai tempi tuoi non c'era niente del genere, no?».

«No, almeno non in forma esplicita. Vai avanti.»

«Fanno i cordiali. Gente giovane, assunta secondo chissà quale criterio di selezione. A noi arriva l'informativa e l'inserimento dei quadri, ma nessuno sa chi li ha presi, se la politica o i militari. Sono sei o sette, non hanno una sede. Boh... E insomma, arriva questa tizia e mi chiede il fascicolo di Pandolfi Teresa. Lo apre, guarda la parte cartacea non digitalizzata. Fa un paio di fotocopie, mi restituisce tutto e se ne va.»

«E non ha detto niente? Che cosa ha fotocopiato?»

«No. La solita gentilezza ma nessun commento. E ha fotocopiato dandomi le spalle.»

«E non sapresti che cosa se non avessi controllato la memoria della fotocopiatrice quando la tizia se n'è andata. È vero o no?»

«Lo stato di servizio, le ultime indagini in cui è stata coinvolta. E la richiesta di congedo con l'autorizzazione.»

«Ti ringrazio dal profondo del cuore, Dani. È importante sapere che posso contare su di te.»

«Puoi sempre contare su di me, sì. Perché sei la persona migliore che abbia mai incontrato, Andrea. E vorrei che pensassi anche al fatto che due come noi, alla nostra età, potrebbero ancora decidere di passare quest'ultimo tempo insieme. Quello che ci separò all'epoca non conta più, no? Rifletticì.»

L'uomo portò la mano di lei alla bocca, e la baciò.

XIII

Sara era certa che tra i sentimenti contrastanti che provava prevalessero quelli negativi: perché altrimenti ci sarebbe andata più spesso, anche quando non era necessario.

Non che fosse così semplice, andare nell'archivio di Tamburi. Il contenuto di quella stanza nascosta nello scantinato aveva obbligato a una complicata procedura d'accesso, con la porta blindata ricavata sul fondo di un vecchio armadio che ospitava logori soprabiti fuori moda: il che faceva sorridere Sara, per l'ironia che sapeva aver ispirato Massimiliano.

Ma non era quello a scoraggiare la donna dal recarsi laggiù, nonostante fosse il luogo che più somigliava all'uomo che tanto aveva amato, nonostante ogni singolo oggetto parlasse di lui, nonostante le sembrasse di percepirne l'odore appena scivolava all'interno di quelle pareti tappezzate di fascicoli.

Il disagio le veniva dal fatto che quel posto trasudava dolore, vicende terribili e ignote, facce oscure di migliaia di donne e uomini famosi e sconosciuti. Le dava i brividi pensare che quella montagna di informazioni, rapporti, verbali, registrazioni, fotografie e ritagli di giornale raccontasse un Paese e un mondo sordidi e maleolenti che abitavano indisturbati strade e piazze percorse da tutti.

Lei stessa, e Andrea, e Teresa, e Massimiliano avevano dedicato l'intera vita a scandagliare quel vasto universo nascosto, e Sara avrebbe addirittura dovuto sentirsi a proprio agio nel ritrovarne logiche e comportamenti; in fondo, quella era la verità, lo smascheramento delle finzioni che era stato il suo principio ispiratore. Ma la professione le aveva insegnato che quasi niente era migliore di come appariva; e che magari la scelta di ignorare, di farsi ingannare, di cascare nella menzogna non era la peggiore. Forse, rifletteva triste, la verità è sopravvalutata.

L'incontro con Andrea di quella mattina aveva spalancato nuove finestre sulla scomparsa di Teresa, e se possibile l'aveva preoccupata ancora di più. Sapere che esisteva la partecipazione diretta, o almeno la connivenza, di un funzionario di grado così alto come il sorvegliante delle unità periferiche complicava non poco il quadro.

Mentre faceva mente locale sul complesso sistema di classificazione dei fascicoli, Sara provava a ricordare se Massimiliano le avesse mai parlato di quel Corsini; o se gliene avesse parlato Teresa.

Non le sembrava che Massimiliano le avesse mai detto niente. Uno ancora in servizio in un ruolo tanto importante, con ogni probabilità doveva essere già in fase ascendente una decina di anni prima, quando Tamburi si era ammalato e aveva cominciato a disimpegnarsi dall'attività. Era pure probabile, però, che la funzione fosse lontana dalla loro, che non ci fosse interazione diretta. Ci poteva stare, quindi, che Massimiliano non ci avesse avuto a che fare.

L'unica possibilità per cui ci fosse qualcosa lì dentro era che fosse passato per il territorio. Che qualche azione l'avesse coinvolto in evidenze che riguardavano l'Unità. Che ci fosse stata una sorveglianza, un'intercettazione in cui apparisse anche lui.

Certo, nulla che sarebbe servito a rintracciare Teresa: ma dare una collocazione, una dimensione fisica a quell'uomo avrebbe potuto aiutare.

Mentre scorreva la lista dei nomi collegati ai singoli eventi di quarant'anni di storia ignota del Paese, frammentati e suddivisi in migliaia di incartamenti, Sara non poté che definire se stessa, Teresa, Andrea e tutto il loro cosmo come paranoici. La fissazione dell'inganno era l'anima del loro lavoro. Massimiliano, creando quel minuzioso atlante della perfidia e della malizia, non aveva fatto che procurarsi la medesima assicurazione che adesso lei sperava avesse creato anche Teresa. Documenti che sarebbero serviti a ricattare chi fosse intenzionato a nuocere. Ammesso e non concesso che l'avessero lasciata in vita, pensò con una fitta incandescente allo stomaco. Che il rapimento non significasse soltanto un differimento dell'uccisione, un mero castigo per averli aiutati nella faccenda del Bombardiere.

Questa possibilità sussisteva e non la si poteva ignorare: e l'aveva pure detto ad Andrea, la mattina, mentre lui le riferiva dell'incontro con Daniela, da cui aveva voluto andare da solo per non mettere l'amica sulla difensiva.

Il cieco l'aveva ascoltata, poi le aveva detto: certo, sì, è possibile. Ma cosa ci cambia, immaginarlo? Faremmo o diremmo qualcosa di diverso?

Due ore di ricerca dopo, in piena notte e con gli occhi che ormai mettevano a fuoco con difficoltà, proprio mentre stava per rinunciare le capitò tra le mani un rapporto che risaliva alla metà degli anni Ottanta, ben prima dell'istituzione dell'Unità. Il verbale di un'attività di sorveglianza di alcuni politici locali, nello specifico di un assessore del capoluogo che incontrava due sindaci dello stesso partito, amministratori di due comuni nell'area interna della regione. La riunione era sospetta, perché invece di svolgersi in luoghi istituzionali avveniva in aperta campagna, nei pressi del deposito di autotreni appartenente a un'azienda di trasporti il cui proprietario era un noto esponente della criminalità organizzata. Non sembravano esserci legami diretti, solo una casuale vicinanza.

Gli agenti che avevano compiuto l'operazione avevano scattato fotografie che si erano rivelate interessanti, perché uno degli uomini presenti era stato identificato da Massimiliano come Grigori Brendev, esponente in ascesa dei Servizi segreti bulgari; dietro una delle foto c'era una nota scritta a penna, nella grafia inclinata che le regalò una smorfia di tenerezza. *Che ci faceva lì? Come mai interveniva in una riunione di amministratori locali in aperta campagna?*

Massimiliano scriveva: *è lui il motivo?* Intendeva della riunione, del luogo scelto, o di qualcos'altro?

Non era certo per quello, che Sara si era soffermata sulle fotografie. La causa del risveglio dell'attenzione sopita dall'ora tarda era un frego rosso sulla nota di Tamburi. Un graffio diagonale, come un annullamento, e la scritta tra parentesi: *il Corso*.

Sara conosceva bene la meticolosità di Massimiliano. Non avrebbe usato mai la maiuscola per definire qualcosa di didascalico, o un abitante dell'isola a nord della Sardegna. Il Corso, con quell'iniziale, era un nome. O un soprannome. Un soprannome derivante da un cognome, forse.

Rassegnandosi a non andare a letto, continuò a incrociare situazioni. A Grigori Brendev si collegavano numerosi dossier successivi, tutti relativi a un'unica corrente di informazioni: lo smaltimento di rifiuti tossici. La maggiore fonte di reddito per il complicato, indissolubile intreccio tra politica locale, criminalità organizzata, imprenditoria disonesta e istituzioni deviate internazionali. Gli occhi stanchi ma vigili di Sara percorsero pagine su pagine di traffici, passaggi occulti di denaro, partenze e arrivi di navi attraverso rotte complicate e container che sparivano nel nulla.

Il nome del Corso non compariva più, e nemmeno quelli dei politici locali che si erano riuniti nella circostanza. Lo stesso Brendev non era mai implicato da protagonista, ma solo come presente nel luogo o coinvolto in secondo piano. Sembrava passare per caso, ma Massimiliano lo citava in maniera puntuale.

Strano, rifletté Sara. Pareva che facesse quel nome di proposito, anche se non aveva un ruolo. Non era una modalità tipica di Tamburi, sempre attento a evitare divagazioni.

Perché citare l'agente di un Servizio straniero, col quale non esistevano rapporti diretti? Perché a latere di chi compariva di volta in volta in luoghi o conversazioni diversi c'era, spesso tra parentesi, il nome di Grigori Brendev?

Soprattutto: c'entrava qualcosa con Teresa e con il suo rapimento?

Ammesso che sia viva, pensò Sara.

Ma era viva. Lo sentiva. Si trattava solo di trovarla, e di liberarla.

Alla luce fredda dei neon, continuò a cercare.

XIV

L'ispettore Davide Pardo, poliziotto con trent'anni di onorata carriera, stava sdraiato per terra di schiena, braccia e gambe sollevate a metà, simile a un grosso insetto morente. Un felice Massimiliano gli saltellava sulla pancia, come avrebbe fatto con un tappeto elastico, sorvegliato da Boris che sembrava apprezzare l'operazione.

Viola digitava in fretta sulla tastiera del computer. La concentrazione era espressa dalla punta della lingua all'angolo della bocca, dal dito che arrotolava la ciocca di capelli ogni volta che attendeva la risposta dallo schermo, dal ginocchio che si agitava ritmico.

Pardo non gliel'avrebbe detto nemmeno sotto tortura – che in qualche maniera era ciò che stava subendo dal piccolo Massi – ma la trovava deliziosa. Disse:

«E dimmi un po', quindi i due paleolitici ti hanno dato un nome sul quale divertirti al computer, vero? E quale sarebbe, questo nome?».

Viola non rispose, come se la domanda di Pardo fosse stata uno dei sordi lamenti emessi appena Massi gli atterrava sullo stomaco. Quando l'uomo ripeté il concetto, la ragazza si riscosse:

«Grigori Brendev. Pare fosse un agente bulgaro all'epoca d'oro della famosa Unità, o qualcosa del genere. Sara mi ha detto solo che dalle immagini che ha visto era un giovanottone piuttosto atletico. E che sarebbe stato qui alla metà degli anni Ottanta, non si sa perché».

Pardo riuscì nella difficile impresa di succhiarsi i baffi da sdraiato:

«E perché avremmo bisogno di sapere sue notizie? E come mai a me non è stato detto niente?».

Viola distolse finalmente l'attenzione dallo schermo:

«Non ti è stato detto niente perché eri al lavoro, o almeno così chiami quel periodo della giornata in cui sonnecchi in commissariato invece di sonnecchiare a casa tua».

Pardo prese al volo Massimiliano fermandolo a mezz'aria. Boris sollevò un orecchio piegando la testa, in segno di perplessità.

«Guarda che in questo simpatico contesto io sono l'unico produttivo. Tu sei un'apprendista precaria e non pagata, gli altri sono due pensionati nullafacenti. Un po' di rispetto, per cortesia. E comunque quella era l'ultima di ben due domande, alle quali vorrei fosse data una risposta.»

Viola riuscì a esprimere il suo profondo disgusto senza pronunciare una parola. Pardo, per darsi un contegno, mollò il bambino che riprese a saltargli sull'addome, rasserenando anche il vigile Bovaro.

«Parrebbe che il tizio compaia in alcune vecchie fotografie di un'operazione mai conclusa, e che dietro una delle foto ci sia un'annotazione che potrebbe riguardare il funzionario che, forse, è quello che ha autorizzato la richiesta di congedo di Bionda.»

Pardo ostentò soddisfazione:

«Cioè, tradotto nella lingua di Dante, non hanno trovato una mazza. E come sempre si stanno arrampicando sugli specchi. Lo supponevo».

Viola picchiettò l'unghia sul monitor:

«Insomma, una mazza non direi. Uno con lo stesso nome e cognome è proprietario di un'azienda che si occupa di logistica in Bulgaria, con centrale di smistamento nel porto di Varna, sul Mar Nero. Un bel traffico di container, indovina da dove? Proprio dall'Italia. Potrebbe significare qualcosa».

Pardo depositò Massimiliano e si alzò con quella che sarebbe stata un'ammirevole scioltezza, se un dolore lombare non avesse rallentato il movimento fino a renderlo penoso.

«Senti, piccola, te lo dico io: quei dinosauri non hanno idea di cosa fare. Assicurazioni, documenti misteriosi, richieste di congedo per malattia. I casi sono due: o Bionda ha rimorchiato un paio di marinai superdotati ed è impegnata in una sessione bisettimanale di sesso acrobatico; oppure sta male davvero ed è ricoverata in qualche clinica svizzera. Siamo solo in presenza della presunzione di Sara, che crede che Teresa gliel'avrebbe detto. Non è così, te lo assicuro. Ne ho viste centinaia, di situazioni del genere.»

Viola lo fissava perplessa:

«Di situazioni del genere, come? Non capisco, stai vaneggiando? Hai bevuto?».

Pardo si stiracchiò la schiena, che emise un cupo scricchiolio:

«Di denunce di scomparsa da parte di amici e parenti, convinti di avere un profondo rapporto di confidenza con gente che se n'era soltanto andata per i fatti propri per qualche giorno».

«Vorrei avere un euro per tutte le volte che tra quello che dicevi tu e quello che diceva Sara, si è rivelato vero quello che diceva lei. Stimo una percentuale del centotrenta per cento, forse anche di più. Per difetto, eh?»

«E va bene, allora ammettiamo pure che qualcuno abbia prelevato nonna Abelarda e non l'abbia buttata via morta in qualche discarica, dalla quale verrebbe fuori tra seicento anni durante uno scavo archeologico. Secondo te, il posto dove la tengono sarà il risultato di una ricerca al computer sull'economia portuale bulgara?»

La ragazza agitò una mano:

«Senti, se è tutto quello che hanno trovato per ora, secondo me si può andare avanti anche per questa strada. E poi…».

Quasi non l'avesse udita, Pardo seguitò:

«È sbagliato l'approccio. Se si parte dal presupposto che la vecchia è stata rapita e non l'hanno ricoverata a Villa Arzilla, va cercata secondo le regole della polizia. Come una persona scomparsa».

Viola lo guardava beffarda, le braccia conserte. Scambiò perfino un'occhiata di compatimento con Boris, che alzò gli occhi al cielo.

«E quali sarebbero, le regole della polizia?»

Pardo enumerò, didattico:

«Primo: una sana, profonda perquisizione dei luoghi frequentati dalla persona scomparsa. Alla ricerca di indizi, tracce o elementi che possano far capire dove possa essere andata, chi possa aver incontrato, se ha ricevuto minacce».

«E questa è la prima fesseria, perché di certo non possiamo andare nell'ufficio dove lavorava o a casa sua, che magari ha sistemi di allarme o cose del genere. Andiamo avanti.»

Pardo passò al secondo dito della mano:

«Secondo: un capillare interrogatorio di chi la frequentava o può averla incontrata. Per capire se ha detto qualcosa a qualcuno, o era di cattivo umore, o aveva paura; se ha parlato di una lite, di una situazione che la preoccupava. Se ha fatto qualche nome».

La ragazza sembrava divertita. Boris emise un sospiro e appoggiò il muso sulle zampe. Sembrava chiedersi dove avesse sbagliato per essere adottato da un umano dal così basso quoziente intellettivo.

«Ah, sì, certo. E tu che proponi, ispettore? Fermiamo con microfono e telecamera gli agenti segreti all'uscita dal lavoro, fingendo di fare una ricerca di mercato? O bussiamo alle porte dei vicini, dicendo che siamo lì per vendere loro un aspirapolvere?»

«Brava, ironizza pure. Io ti dico che così, a digitare nomi sul computer, non si arriva a niente. Per me, se dopo secoli di operazioni si creano delle procedure, dei protocolli, un motivo c'è. Questo è il modo di lavorare di chi difende la gente e garantisce l'ordine pubblico, quindi dev'essere quello giusto e...»

Viola si girò di nuovo verso il computer:

«Quando decidi di tornare a garantire l'ordine pubblico, ispettore, assicurati di aver chiuso bene la porta. L'altra volta è dovuto andare Boris, perché l'avevi lasciata aperta».

XV

Nel bagno c'era uno specchio, e questo era un dato notevole.

Non che lo fosse in assoluto: in tutti i bagni c'è uno specchio. Ma, per l'idea che Teresa si era fatta di quel posto, avrebbe potuto benissimo non esserci. Anzi, era assai strano che ci fosse.

Da due giorni Bionda si trovava là. A orari regolari entrava una donna, il viso protetto da una mascherina chirurgica. Non rispondeva alle domande, non diceva una parola. Le consegnava un vassoio a ora di colazione, di pranzo e di cena, le controllava il polso e le misurava la temperatura, poi usciva. La porta emetteva un suono elettronico, apertura e chiusura. A quanto Teresa aveva visto, era blindata.

La stanza, che aveva esaminato una volta riacquistati i sensi, era insonorizzata. La finestra era fissa e dotata di vetro antisfondamento. Nel cibo doveva esserci un sedativo blando, perché fra un pasto e l'altro lei non faceva che dormire.

Quando si svegliava, però, era ben presente a se stessa. Poteva alzarsi e andare, appunto, in bagno. Si era persuasa dapprima di essere in un ospedale, poi in una specie di prigione. Infine, le era stato chiaro che il posto non era né l'uno né l'altra.

Era un convento.

Lo aveva capito appena recuperate le forze sufficienti a mettersi in piedi, e per prima cosa era andata alla finestra. Dopo circa venti metri di un muro in mattoni giallastri, c'erano un chiostro con un orto, un giardino e un portico. Al centro sorgeva quello che, da lì, sembrava un cimitero con croci e lapidi.

Era un convento, sì. Non aveva dubbi. O almeno lo era stato.

Dalla finestra, un po' incassata e di piccole dimensioni, non si vedeva se c'erano altre celle; ma Teresa era certa che ci fossero.

Non che questo cambiasse la situazione. Le erano bastati cinque minuti di coscienza piena, liberata dalla nebbia sintetica dei farmaci, per comprendere che sarebbe stato inutile urlare, supplicare o cercare vie di fuga. Né avrebbe ottenuto risposte dall'infermiera, inserviente o quel che era, che non desisteva dal mutismo ostinato.

Quello era un carcere di massima sicurezza, seppure mascherato da clinica e dotato delle necessarie comodità. Teresa era stata spostata dal luogo precedente perché lì non si poteva garantire a lungo il suo isolamento, e perché, se volevano che sopravvivesse, non avrebbero potuto continuare a imbottirla di anestetico. Il che portava a una serie di conclusioni.

Primo: chi l'aveva presa disponeva di una rete di supporto. Non si trattava di un'iniziativa individuale, ma di un piano ben concertato che prevedeva controllo e sorveglianza.

Secondo: volevano qualcosa da lei. Altrimenti l'avrebbero già uccisa. La sua esistenza in vita era un rischio, per chi l'aveva rapita.

Terzo: era convinta che il motivo fosse legato al ruolo che aveva avuto nella faccenda del Bombardiere; del resto, da tempo Teresa non gestiva dossier di rilievo. Poi c'era la concomitanza temporale con l'incidente aereo. Infine, nessuno che non fosse interno all'Unità poteva essere al corrente di ciò che aveva fatto.

Questo conduceva all'ultima, importante conclusione. Ad averla prelevata e a tenerla segregata chissà dove era stata una persona dei Servizi.

C'era arrivata durante la notte. Una luce lattiginosa rischiarava la stanza. Una luce che non si spegneva mai per consentire la videosorveglianza, anche se Teresa non era riuscita a scovare le microcamere. Si era messa seduta in mezzo al letto, gli occhi fissi nel vuoto. Chi altri avrebbe potuto conoscere le sue abitudini e i suoi spostamenti? Chi avrebbe potuto individuare quali informazioni avesse passato a Mora e Andrea? Chi, soprattutto, avrebbe potuto imbastire giustificazioni plausibili per coprire la sua assenza?

Un collega, era l'unica spiegazione.

Nessuno dei suoi, però: ragazzotti capaci al massimo di tirare fuori dati da un computer. No, doveva essere qualcuno a Roma. Un elemento che aveva a che fare con l'Unità, ma dall'esterno.

L'organizzazione era piramidale, e i referenti erano almeno quattro: uno per l'operatività diretta, uno per la sorveglianza territoriale, uno per il controllo informazioni e uno per la gestione del personale.

Non bastava a restringere il campo. Le unità erano scatole cinesi, una dentro l'altra fino a perdersi nei chilometri di corridoi sotterranei dei palazzi. C'erano le figure emerse e quelle sommerse. Era facile far sì che il dirigente di una struttura periferica sparisse con le adeguate giustificazioni.

E allora, perché lasciarla viva? Non era meglio inventare una lettera di dimissioni, oppure predisporre qualche documento di viaggio che facesse credere a una lunga vacanza, salvo poi farla ritrovare a galleggiare nel mare di qualche località amena?

Perciò si tornava al punto. Cosa volevano da lei?

Si piazzò davanti allo specchio del bagno. Come la finestra, aveva l'aria di essere infrangibile. Magari era un doppio schermo, e da lì osservavano l'interno. Questo, pensò Teresa, ne avrebbe spiegato la presenza.

A ogni modo, c'era. E le consentiva di guardarsi.

Le avevano rasato i capelli quasi a zero. Non era rimasto nulla della tintura bionda: la peluria che le copriva il cranio era grigia, tendente al bianco. E mentre dormiva, qualcuno, chissà perché, le aveva tolto lo smalto rosso dalle unghie delle mani e dei piedi.

Era stata lavata a fondo, durante il sonno. Non c'era più traccia del trucco, nemmeno una sbavatura. Il braccio era pieno di lividi orribili dove aveva ricevuto le iniezioni, e un altro ematoma si allargava sull'anca sinistra.

Doveva essere caduta quando l'avevano presa, ma non lo ricordava.

Era brutta, sembrava una vecchia. Una centenaria decrepita. Una strega. Niente più fascino, niente bellezza, niente charme. Nessun segno di avvenenza né di femminilità.

Come un lampo, le venne in mente Sara. La sua gemella diversa, cara al cuore di una Teresa che non esisteva più. La donna che aveva fatto tutt'altre scelte, e che, se i ragionamenti di Bionda erano corretti, chiedendole aiuto con ogni probabilità l'aveva perduta.

Anziché risentimento o rabbia, scoprì di provare per Mora un dolcissimo rimpianto e un'acuta preoccupazione. Se il rapimento di Teresa era legato all'operazione Bombardiere, forse avevano prelevato anche l'amica. Forse non era riuscita a scappare, forse l'avevano ammazzata. O forse no, niente di tutto questo: era troppo in gamba, Mora; doveva ancora nascere quello buono a toglierla di torno.

Al pensiero del loro tempo perduto, alla donna sgraziata e disgustosa nello specchio si riempirono gli occhi di lacrime.

Vedi, Sara? Né più Bionda e né più Mora. Eravamo belle e giovani, ottimiste e felici: adesso qui c'è solo una megera dalla testa grigia, proprio come te.

Rifletté che potevano anche non voler niente, da lei. Magari ne avevano solo paura. Perché gli agenti della sua generazione a volte tenevano dei documenti nascosti. Così, per pararsi il sedere. Qualcosa da mettere sul piatto della bilancia in caso di eventualità scomode.

E Teresa ce l'aveva?

Forse in un passato lontano, quando quello che faceva era davvero pericoloso e la memoria di Marco, di Tamburi e di tutti quelli che se n'erano andati era ancora fresca. Ma era roba superata e ormai inutile.

La vecchia nello specchio pensò che avrebbe lasciato credere di essere invece in possesso di documenti compromettenti: ma non poteva reggere a lungo, e appena avessero capito che non aveva niente in mano si sarebbero liberati di lei.

A meno che qualcuno non la tirasse fuori di lì.

Una sorella, per esempio.

XVI

Dal tavolino del bar selezionato dopo un attento sopralluogo, Nico osservava l'ingresso della scuola.

Era la terza volta che si sistemava lì per godersi lo spettacolo. Gli appostamenti pregressi erano avvenuti al campo di basket, ai giardini della piazza e, come ovvio, sotto casa.

Non provava disagio, e immaginava che invece avrebbe dovuto. Ciò che stava facendo in quel momento, e che aveva fatto nei giorni precedenti, era configurabile come reato e anche come eticamente esecrabile. Ma non riusciva a rinunciarvi.

Dacché aveva ricevuto da Sara l'indirizzo e il nuovo nome di Ana, non aveva pensato ad altro. Per paradossale che fosse, era stato più difficile decidere se vederla oppure no, lasciando affondare il ricordo di lei in un passato che pareva non essergli mai appartenuto, anziché andare in quella piccola città del centro del Paese, prendere una stanza in un hotel e fissare il soffitto in attesa del pedinamento successivo.

A spingerlo a comportarsi così, in una maniera che lui stesso non era in grado di decifrare, era stata proprio la vita di mezzo, spesa nel terrore di essere stanato, imprigionato e ucciso da chissà quale Servizio segreto straniero in quanto testimone – e in parte attore – di un'operazione risalente a trent'anni prima.

Adesso, sorseggiando un tè e fissando con finta distrazione il viavai di madri, padri, alunni, pulmini e biciclette, si domandava se a rovinarlo fossero state le paure o le circostanze.

Nicolae Popescu, medico di grandi speranze, era stato un giovane fiducioso nel futuro. Nikolaj Popov era invece un fantasma, un chirurgo dalle abilità quasi magiche ma con fama di sociopatico: era contattabile attraverso strani tragitti, operava presso strutture che garantivano riservatezza assoluta e si faceva pagare tramite bonifici su conti cifrati in paradisi fiscali. Dai medesimi conti, partivano accrediti consistenti in favore di associazioni umanitarie con sede nell'Europa dell'Est.

Di quei trent'anni ricordava sale operatorie e decorsi clinici, monitoraggi e radiografie. Ricordava gli occhi attoniti dei colleghi al di sopra della mascherina, di fronte alla febbrile applicazione delle sue tecniche chirurgiche folli e innovative su bambini la cui sorte appariva segnata. Ricordava camere d'hotel lussuose e prive di anima, e qualche anonima e dimenticabile compagna di letto.

Ricordava soprattutto Ana, la cui immagine gli arrivava a tradimento appena sonno e veglia si scambiavano di posto. Sempre e soltanto il viso della donna matura e ancora bellissima che ora, a una ventina di metri dal tè di Nico, aspettava appoggiata all'auto di veder spuntare dal portone della scuola i ricci scuri del figlio.

Visualizzò una per una le azioni che avrebbe voluto compiere. Nella mente si alzò dal tavolino, lasciando una banconota accanto alla tazza piena a metà. Percorse il tragitto fino alla porta, tre passi, poi fino alla macchina parcheggiata all'esterno della scuola, una breve passeggiata. Si fermò di fianco ad Ana, aspettando che, percependone la presenza, il volto meraviglioso si girasse verso di lui.

Ne lesse l'espressione, bevve goccia a goccia la consapevolezza, il riconoscimento, la sorpresa, col sollievo di non scoprire acredine o addirittura odio per non averla cercata, per non averla trovata. Spalancò le braccia, accogliendone le lacrime calde di gioia e di dolore, per i giovani che avevano cessato di essere, per le persone che erano diventate.

Pronunciò parole dimenticate. Ascoltò sospiri mai dimenticati. Parlò nella loro lingua, consapevole che nessuno dei due sentiva da tempo il suono dolce della terra che li aveva visti nascere, e nella quale non erano più tornati.

Restò con Ana, le mani intrecciate, pronto a conoscerne il figlio. Che avrebbe preso in braccio per condurlo via, verso un'esistenza nuova.

Il tè intanto si era fatto melma.

No. Nico non si sarebbe alzato, non avrebbe lasciato una banconota sul tavolino.

Sarebbe rimasto lì a guardare, immobile, simile a un bambino affamato che inghiotte saliva davanti alla vetrina di una pasticceria.

Si odiò per questo. E si domandò a quale scopo avesse vissuto in perenne attesa di qualcosa, se poi di fronte a quel qualcosa non sapeva che guardare da lontano.

Pensò a Sara.

Ecco un altro dettaglio che Popov rammentava di Popescu: il rancore, il risentimento nei confronti di quella strana, minuta donna silenziosa che era stata capace di convincerlo a rovinarsi la vita.

Oggi sapeva che quel sentimento gli era servito a sopravvivere, ma in realtà non lo aveva mai provato. Sara gli aveva soltanto rappresentato con onestà la situazione, ma la scelta era stata di Nico. Era un medico, curava le persone: come avrebbe potuto reggere con centinaia di morti sulla coscienza?

Avrebbe dovuto invece ringraziarla, Sara, rifletté Nico mentre il bambino si fermava sul portone e si guardava attorno in cerca della madre. Perché lo aveva salvato da un inferno di abiezione. Lo aveva compreso subito, appena se l'era trovata davanti trent'anni dopo nelle vesti di una nonna disperata, leggendole in viso la limpidezza di chi non ha nulla da rimproverarsi, e nulla da farsi perdonare.

Il bambino individuò Ana nell'istante in cui anche lei lo vide. E corsero l'uno nelle braccia dell'altra. Akili, era il nome. Non glielo aveva detto Sara: Nico lo aveva scoperto da solo, quando nei giardinetti si era spinto a portata d'orecchio e da dietro il giornale aveva udito Ana chiamarlo a gran voce.

Un bambino bellissimo, Akili. Era scuro di pelle, ma non voleva dire niente; poteva essere figlio biologico di Ana, o esserlo soltanto nei sentimenti. Non contava. Non c'era alcun dubbio che si amassero come una madre e un figlio, ed erano una famiglia. Nico riconobbe la luce che brillava negli occhi della donna quando si posarono sul bambino, perché era la stessa luce che avvertiva su di sé all'epoca in cui lui e Ana erano stati giovani e innamorati.

Forse, ragionò guardandola accovacciarsi per avere il viso all'altezza di quello di Akili che le parlava fitto, Ana nel frattempo aveva avuto un amore. Forse nel posto lontano dove si era trasferita, in un continente povero e sofferente. Adesso non aveva un uomo accanto, ma potevano essere tanti i motivi: un colpo di fucile, un abbandono, una fuga, un distacco. Però c'era il bambino, che catalizzava ogni interesse di lei.

Aveva saputo che Ana lavorava part time in una struttura sanitaria privata. Da ragazza era stata una brava medica, ed era sicuro che fosse diventata ancora più brava; perciò gli era parso strano che collaborasse con uno studio polispecialistico di provincia. Poi si era reso conto che lei non voleva perdersi nemmeno un minuto della vita del suo bambino. Nico si era preoccupato per la condizione economica di Ana, e aveva provato tenerezza per la propria ansia protettiva verso una donna così poco simile a quella amata anni addietro.

Forse, si era detto, aveva dei risparmi. Forse le bastava poco. Forse possedeva qualche rendita, o disponeva di somme derivanti dal programma di protezione. Non gli pareva allarmata. Certo, non aveva una macchina potente, né abiti di lusso o gioielli, ma non le servivano.

Era bellissima, lo era comunque.

Continuando a chiacchierare fitto, Ana e Akili salirono in auto e si immisero nel traffico del pomeriggio. Nico si riscosse, chiamò il cameriere per pagare e rientrò in hotel.

Rifletté che era ora di partire. E di tornare a cercare quello che forse non avrebbe trovato mai.

XVII

La corsa contro il tempo per rintracciare Teresa e liberarla andava in due direzioni: capire chi la teneva sequestrata, e dove; reperire gli eventuali documenti che poteva aver nascosto a protezione di se stessa.

Sempre ammesso che fosse ancora viva: ma Sara non ci voleva nemmeno pensare.

Gli ultimi giorni per Mora erano stati difficilissimi. Aveva scoperto quanto fosse importante Bionda per lei, ed era assurdo che finora non se ne fosse resa conto.

Il loro rapporto non era scandito da frequentazioni abituali: si vedevano pochissimo, si sentivano ancora meno. E quando si incontravano non erano abbracci e baci, né lacrime di gioia o dolori condivisi; c'era anzi una scontrosità eccessiva, quasi avessero da rinfacciarsi qualcosa sebbene non avrebbero saputo dire cosa.

L'una aveva da eccepire sulla vita che conduceva l'altra: Teresa per la misantropia e la sciatteria di Sara; Sara per il culto dell'apparenza e la superficialità affettiva di Teresa. In ogni caso, le due si riconoscevano in maniera reciproca l'autorità necessaria a muovere tali rimproveri.

Il divario estetico tra loro si era andato allargando, sino a divenire abissale. E adesso che da un pezzo non lavoravano più insieme e che Massimiliano se n'era andato, non c'erano nemmeno interessi comuni a unirle e si erano quasi del tutto allontanate.

Malgrado ciò, se Sara avesse dovuto dire quale persona le fosse più radicata nel cuore – a parte il bambino, che le regalava sensazioni mai provate – avrebbe dovuto ammettere che si trattava proprio di lei, di Teresa. Le era apparso chiaro in quelle ore, in cui la parte razionale di sé non poteva escludere che la convinzione di Andrea sulla possibile avvenuta morte di Bionda avesse un fondamento.

La parte irrazionale, tuttavia, non mancava di replicare che invece Teresa era ancora viva, rinchiusa da qualche parte contro la sua volontà, e che bisognava fare in fretta. Bionda poteva contare su di lei, la sua sorella sbagliata, e sulla squadra un po' sgangherata che le si era composta attorno.

Dacché aveva intuito che a Teresa era successo qualcosa, Sara aveva smesso di dormire. Si appisolava per qualche minuto e si risvegliava di soprassalto. Continuava a ragionare, a radunare elementi, a immaginare il corso dei pensieri di quella mente che riteneva di conoscere meglio della propria. Perché era essenziale decifrare se e come Teresa avesse messo insieme i documenti necessari a proteggerla e, nel caso, dove li avesse nascosti.

A ben riflettere, Bionda non era più un'agente sul campo ormai da un pezzo; dunque, se qualche pericolo aveva da temere, proveniva dall'interno, da chi lavorava o aveva lavorato con lei, dalla stessa parte. Teresa non si era mai infiltrata nella criminalità organizzata, non aveva mai avuto a che fare in prima persona con le formazioni terroristiche su cui aveva indagato. Il suo gruppo decifrava, analizzava, studiava, intercettava e alla fine riferiva. Erano invisibili, non comparivano se non in calce a verbali e relazioni di servizio. Per quello Marco, il carabiniere che aveva fatto parte dell'Unità ed era stato il grande amore di Teresa, aveva scelto di tornare all'azione diretta per poi morire in un conflitto a fuoco.

Gli unici a sapere se e quanto Teresa fosse in grado di nuocere, erano quindi i nomi a monte e a valle dei rapporti firmati e trasmessi. Su di essi andava concentrata l'attenzione. Su di essi Teresa avrebbe raccolto documenti e prove con cui, nel caso, proteggersi.

Ma non era rilevante che quei documenti esistessero. Contava solo che chi aveva preso Teresa fosse convinto che esistessero. Nell'attesa che saltassero fuori, Sara e Andrea avrebbero fatto di tutto per trovare l'amica. E liberarla.

Con Andrea, Mora si sentiva di continuo. Le faceva bene condividere riflessioni e timori con chi era stato testimone e attore di un tempo passato. E ora si stava recando da lui, per riferirgli le novità scaturite dall'investigazione di Viola.

Il salotto in cui Andrea l'aveva fatta entrare non era concepito per ricevere gente. Risaltava la curiosa posizione della poltrona, spalle al televisore; nell'ambiente campeggiava un magnetofono monumentale, unito a una strana libreria priva di volumi ma zeppa di nastri e audiocassette. Sara sedette su un'altra poltrona, da cui osservò l'affascinante modo del padrone di casa di districarsi in uno spazio stretto. Le tapparelle erano abbassate, così che la luce del pomeriggio filtrasse frammentata, mettendo in risalto angoli e lasciando in ombra intere superfici.

Andrea si preoccupò che Sara fosse a proprio agio:

«Vuoi che accenda qualche lampada?».

«No, grazie. Vorrei solo che seguissi quello che ho da dirti. Allora, Viola ha fatto una ricerca su Grigori Brendev, l'agente bulgaro sulla cui foto del 1984 ho scoperto l'annotazione di Massimiliano.»

«Una linea piuttosto fragile, no? E pure molto vecchia, non credo che...»

Sara si spazientì:

«Ascoltami bene, Andrea, te l'ho già detto al telefono: non abbiamo altro; e viste le modalità di Massimiliano di tenere l'archivio, la nota sulla foto è un fatto molto strano. È come se avesse voluto sottolineare la presenza di Brendev ogni volta che appariva. Anche quando non era rilevante. Il che, come sai, non era da lui».

«Sì, ma ti pare possibile che poi non abbia detto nulla? Né a te né a me, in tutti quegli anni di lavoro fianco a fianco? Fosse stato importante, pensi davvero che se ne sarebbe rimasto muto?»

Sara prese la mano di Andrea. Lo fece d'impulso, cogliendolo di sorpresa:

«Io l'ho sentito, capisci? Ho trovato la foto che erano quasi le tre del mattino, chiusa lì sotto dalle nove, rimbambita dalla stanchezza; quella nota in rosso è stata una frustata, una specie di richiamo. Mi ha svegliata, come se Massi mi avesse parlato all'orecchio».

La mano di Andrea era calda e asciutta, quella di Sara fredda e umida. Raccontavano gli stati d'animo più di ogni parola.

Lui disse, piano:

«Dimmi, allora. Cosa c'è di nuovo?».

Sara cominciò a parlare fitto. Gli riferì che Viola aveva innanzitutto inquadrato ciò che di ufficiale compariva su Brendev: un imprenditore importante della logistica, con interessi nell'attività portuale e un grosso deposito di container nel porto di Varna, sul Mar Nero.

Quello che succedeva in Bulgaria, spiegò Sara, era piuttosto vago, ma i rapporti con compagnie mercantili dall'attività losca erano chiari, e le navi caricavano merci anche in Italia, in particolare nei porti del Meridione. Nei siti delle autorità portuali Viola non aveva rilevato tracce di irregolarità, ma neanche evidenze di controlli.

La notizia interessante era però un'altra. La ragazza aveva dragato le liste delle compagnie aeree e delle dogane di zona, e aveva scoperto che Grigori Brendev era atterrato un mese prima proprio lì in città.

Andrea ebbe un sussulto, e Sara fu lieta per la sua immediata comprensione: norme e procedure imponevano maggiore sorveglianza nei grandi aeroporti, luoghi dove il traffico notevole di persone avrebbe potuto rendere più difficile l'identificazione sia di individui pericolosi, sia di loro successivi spostamenti con mezzi pubblici e privati. Un atterraggio in loco era dunque indice di smisurata sicurezza, o anche di una trascuratezza imperdonabile. Oppure, c'era soltanto un'altra possibilità.

«La fretta. Era qui per un'urgenza.»

Sara annuì con forza al commento di Andrea, anche se l'amico non poteva vederla. Continuò:

«Viola lo ha trovato in partenza da Roma quattro giorni fa. Si è trattenuto per un mese, capisci? È un industriale importante, un uomo potente. E si è allontanato per tutto questo tempo, atterrando qui con la massima urgenza e ripartendo con prudenza. Senza nemmeno procurarsi un passaporto sotto falso nome. Che ci dice, questo?».

«Che non è venuto per risolvere, o sarebbe rientrato subito, dopo un giorno. È venuto invece per aiutare qualcuno, ed è ripartito solo quando non c'è stato più bisogno di lui.»

«E se, come credo, il motivo era Teresa, ciò significa che l'urgenza è venuta meno perché ne hanno stabilizzato la condizione. Devono averla trasferita. Da un lato mi rassicura, perché se hanno potuto spostarla vuol dire che non sta male; dall'altro rende tutto più urgente, perché possono interrogarla con maggiore calma.»

Andrea non smetteva di stringere la mano di Sara:

«Può essere, Mora. Ma può anche essere che…».

«Non ci dobbiamo pensare, lo hai detto tu stesso. Noi dobbiamo agire come se lei stesse aspettando il nostro aiuto. E io intendo fare così, fino all'ultimo. Ti prego di non dirlo mai più, Andrea. Da questo momento e fino a quando non avremo certezze su come sono andate le cose.»

Andrea sospirò:

«Che facciamo, adesso?».

«Devi scavare nella tua memoria. Devi ripassare tutto ciò che vi siete detti con Massi, anche quello che può esserti sfuggito sul momento. Non abbiamo altro che Brendev e questa fragile traccia. Puoi disporre di me, di Viola, di Pardo. Dobbiamo trovare il Corso, chiunque egli sia. E nel frattempo, cercare i documenti di Teresa: se li ha conservati, se li ha dati a qualcuno. Perché esistono, non ho dubbi.»

«Se lo dici tu, Mora... Lasciami lavorare, allora. Ti chiamo io.»

XVIII

Siccome Teresa non accettava che Sara uscisse di casa soltanto per spostarsi al lavoro, di tanto in tanto pretendeva che si recassero da sole da qualche parte. Era perentoria e non c'era verso di farle cambiare idea.

Quando era in polizia e non era ancora stata assegnata all'Unità, Sara era andata con Carlo e Giorgio in un villaggio turistico, in Sardegna. Il costo era proibitivo, ma si trattava di un premio aziendale che il marito aveva vinto. Quei cinque giorni si erano rivelati un incubo: un esercito di animatori assatanati le impediva quasi di sedersi. Dal tennis alla caccia al tesoro, dal ballo in maschera al picnic, dal beach volley alla corsa coi sacchi, Sara aveva avuto bisogno di un mese di lavoro per riposarsi dalle ferie. E ogni volta che Teresa cadeva preda della frenesia del tempo libero, subito le tornavano alla mente quei persecutori sardi.

In realtà, Sara era pigra e pantofolaia, portata alla riflessione, alla lettura e ai pisolini estemporanei. E stava molto bene per conto proprio. Per Teresa, sportiva e frenetica, il comportamento dell'amica nascondeva una depressione strisciante dettata dai sensi di colpa e dallo stentato avvio della relazione con Massimiliano, il quale portava avanti un corteggiamento d'altri tempi, con sporadici inviti a mostre e a vedere film noiosi e un sacco di lettere in cui parlava del passato. Tutte cose che facevano uscire Teresa di senno.

Camminando svelta sul litorale flegreo, dove aveva trascinato Sara con l'unica giustificazione della bellissima mattinata di sole e la prospettiva di un pranzo a base di frutti di mare, Teresa gesticolava e diceva:

«Scusami, eh, ma io proprio non ci arrivo. Lavorate gomito a gomito, vi vedete ogni giorno per dieci ore o più, e lui ti scrive queste lettere chilometriche in cui ti dice cose che potrebbe invece dirti invitandoti a cena? E te le spedisce, perdipiù. Te-le-spe-di-sce! Compra le buste, scrive il mio indirizzo, presso Pandolfi Teresa, mette i francobolli e le infila nella cassetta della posta. Per me, è follia pura. Una qualche forma di psicopatologia, stammi a sentire».

Sara stentava a tenere l'andatura dell'amica:

«Te l'ho spiegato, le cose che scrive… non sono semplici da dire di persona. Non è aperto e sicuro di sé, come sembra sul lavoro. Ha avuto un passato complicato, poi il rapporto con la moglie, la separazione… È un militare, non gli è facile ammettere i fallimenti. Nelle lettere mi parla prima di tutto proprio dei fallimenti».

Teresa aveva scosso la testa, e i capelli biondi avevano luccicato al sole.

«Per me, scusami, è assurdo. L'amore si vive, è un viaggio insieme. Si condivide, si discute, si litiga e si fa del sano, meraviglioso sesso. È così che ci si conosce, mica scrivendosi lettere. Quante volte devo ripeterti che siamo nel 1993 e non, che so, nell'Inghilterra del Settecento? Porca miseria!»

«Dovresti essere più tollerante, Bionda. Mica funziona per tutti allo stesso modo. A me, per esempio, piace come ci stiamo avvicinando. Senza fretta, con cautela. Veniamo da storie finite male: dobbiamo fare delle scelte e siamo adulti.»

«Di' piuttosto che lui è anziano, Mora, altroché. E tu, oltre ad avere paura, sei pigra e indolente, quindi la bassa velocità ti fa comodo. Proprio perché si è adulti, però, si dovrebbe vivere insieme. E non fare i fidanzatini a distanza alla Peynet.»

«A parte che i fidanzatini di Peynet stanno sempre sulla stessa panchina e non a distanza, non vorrei che, invece che di me, tu stia parlando di te stessa, Bionda. Mi dici cosa succede?»

Teresa si era seduta su un muretto. Era bella, le gambe lunghe fasciate da un pantalone elasticizzato, la camicia larga a scacchi, i capelli dall'aria spettinata ma scolpiti ciocca a ciocca.

«Non capisco Marco, Mora. Quale futuro immagina per noi. La decisione di uscire dall'Unità per tornare a fare attività in strada, per esempio. Ci siamo incontrati, grazie a questo lavoro. È bravo, potrebbe fare carriera. Potremmo convivere e richiedere orari compatibili: i superiori non muoverebbero obiezioni, visto che non si rischierebbe un trapelamento di informazioni tra Servizi diversi.»

Sara ascoltava, in silenzio. Sapeva quanto l'amica fosse restia a confidarsi. Aveva atteso che Teresa riprendesse:

«Ho avuto le mie storie, non sono una santa. E non sono certo il tipo che brama per mettere su casa e farsi una famiglia, mi manca l'aria al solo pensiero. Ma almeno parlarne, dico io! Almeno discuterne e capire perché sì, o perché no. Anche la scelta di tornare in strada, me l'ha detta a cose fatte. Non avrebbe dovuto dirmelo prima, chiedermi che ne pensavo, dannazione? Dopo due anni, una relazione dovrebbe fare un passo avanti. Altrimenti corre il rischio di morire».

Sara si era intenerita, perché a volte da quella bionda sicura di sé veniva fuori la bambina fragile che Teresa era in realtà; e a quella bambina Sara voleva un gran bene.

«Hai ragione. Ma ognuno è come è. Marco ti è piaciuto proprio perché è indipendente, forte e deciso. È una guida. L'ho studiato, nelle riunioni e sul lavoro: le mani, le spalle, le gambe, il suo intero corpo tradivano insofferenza. Era un leone in gabbia. Noi osserviamo e interpretiamo, lui deve fare irruzione ad armi spianate. Non puoi averlo amato per quello che è, per poi volerlo diverso quando ti fa comodo.»

Teresa si era messa a guardare il mare. Luccicava sotto il sole da far male agli occhi, il mare.

«Finirà, Mora. Te lo dico io, finirà. Siamo già lontani, non facciamo che litigare. C'è anche questo aspetto, il rischio, il pericolo. Ma lo capisci che tempi stiamo vivendo? Dalla mattina alla sera, sui monitor e nelle cuffie, ci passano davanti i tempi che stiamo attraversando. Siamo seduti su una bomba pronta a scoppiare, se non è la delinquenza comune è la criminalità organizzata, se non è il terrorismo sono i Servizi deviati. Come credi si debba sentire una ragazza al pensiero del proprio uomo che gira con un mitra appresso?»

Sara le aveva messo una mano sul braccio:

«Ragione di più per stare insieme, Bionda. Ragione di più per proteggerlo, per dargli amore. Lui ti ama per quella che sei, per il carattere che hai, perché vede come sei in realtà sotto quella scorza. Perché non riesci a fare la stessa cosa?».

Teresa si era girata e il sole le aveva illuminato gli occhi, d'improvviso pieni di lacrime. Sara non ricordava di averla mai vista piangere.

«Non voglio lasciarlo, Mora. E non voglio che lui mi lasci. Ma ho paura, capisci? Ho paura ogni santo giorno, quando si alza e si veste e mi sorride ma io so che già non è più con me. Ho paura ogni volta che squilla il telefono. Ho paura ogni volta che ascolto due maledetti criminali mentre pianificano un colpo, un'azione, un attentato. Io non voglio avere paura, Mora! Io voglio una vita normale, come tutti.»

Sara le accarezzava il braccio, cercando argomenti per consolarla. Ma sapeva che l'amica non aveva torto.

«Nessuno ha una vita normale, Bionda. E se crede di averla, poi si sente soffocare. Guarda me, ti sembro una che cerca l'avventura? Eppure avevo una casa, un marito, un figlio, e ho un lavoro che mi piace. Potevo starmene tranquilla, difendere il territorio. Ma poi ho deciso di far saltare tutto, e lo pago ogni singolo giorno. Ho fatto una scelta? Non lo so. Penso piuttosto che non potevo fare altrimenti. Te l'ho detto: ognuno è come è.»

Teresa aveva taciuto, di nuovo gli occhi sul mare. Poi aveva sussurrato:

«Tu, Mora, sei una rivoluzionaria. Nessuno lo immagina, con l'aria tranquilla che hai, la fissazione di passare inosservata, di nasconderti: ma non conosco nessuno in grado come te di mandare al macero la propria vita in un secondo e senza fare rumore. Hai ragione tu ad aspettare le lettere di Massimiliano, a non affrettare i tempi, a non sollecitare inviti a cena, a non portartelo subito a letto. Così lo tirerai fuori dal guscio».

«Non è mica una strategia, Bionda. Credi che non vorrei fare l'amore, un viaggio, avere una casa con Massi, così la smetto di impormi come ospite da te? È solo che non voglio costringere nessuno, tantomeno lui, a essere diverso da com'è. Tutto qui.»

«Magari Marco ci ripenserà, chi lo sa. In fondo ha solo me e sua madre, forse lo farà per noi. È l'unico uomo per il quale cambierei vita. E la cambierei volentieri.»

«E allora aspettalo, Bionda. Dagli tempo. Avrà anche lui modo di comprendere quanto conti e deciderà di stare con te. Perché ti ama, lo capisco da come ti guarda, da come si muove, ed è difficile che mi sbagli.»

Bionda era scoppiata a ridere e si era asciugata gli occhi con un gesto rapido:

«Lo so, sei un dannato mostro telepatico. Ma per favore, non dire mai più che sei ospite a casa mia. Al solo pensiero che prima o poi te ne andrai – e succederà, perché la tua storia non può mica andare avanti come un romanzo epistolare – mi sento morire. Sai che ti dico, Mora?».

«No. Che mi dici, Bionda?»

«Due cose. La prima: tu e io siamo la coppia perfetta e dovremmo stare insieme per sempre, e chi non ci vuole non ci merita.»

«E la seconda?»

Teresa si era alzata in piedi:

«Che ho una fame bestiale, e l'unica cosa che adesso voglio far uscire dal guscio sono le vongole. Andiamo, sorella. Il ristorante ci aspetta».

XIX

L'ispettore Davide Pardo era convinto che i due vegliardi e la giovane sarcastica avessero una visione distorta della realtà.

Lo diceva fra sé con assoluta certezza, mentre – aggrappato a due mani al guinzaglio rinforzato di Boris ed esibendosi nella perfetta versione terrestre di una sessione di sci nautico – cercava di evitare la collisione con ostacoli che di sicuro lo avrebbero reso invalido.

Ormai consapevole di non avere alcun potere di controllo sulla passeggiata del Bovaro del Bernese, durante quel supplizio che si proponeva tre volte al giorno Pardo non poteva far altro che pensare ai fatti propri, augurandosi che i danni a cose e persone non ricadessero sui suoi magri guadagni.

Adesso, per esempio, mentre saltava agile a piè pari un passeggino gemellare con dentro un maschietto e una femminuccia, i quali si guardarono stupefatti domandandosi chi fosse quello splendido atleta, era giunto alla conclusione che fosse opportuno ricondurre l'indagine sulla scomparsa della bionda mangiatrice di uomini ai vecchi, cari metodi tradizionali.

A dire il vero, Pardo aveva un esiguo ruolo consultivo nell'orientare le decisioni di Boris in merito al tragitto. Consisteva in piccoli strappi alle singole briglie del guinzaglio doppio, nel momento in cui l'animale rallentava perché distratto da deiezioni altrui o da qualcosa di commestibile abbandonato al suolo; se Pardo cogliendo l'attimo dava una tiratina, esisteva l'eventualità che il Bovaro fuori taglia puntasse nella direzione voluta. Così facendo, riuscì a capitare nei paraggi del riservato complesso residenziale che corrispondeva all'indirizzo di Teresa, da lui memorizzato la volta che Sara ne aveva parlato.

Si guardò attorno con occhio clinico. Era vero: nessuna telecamera pubblica o privata, silenzio e scarso traffico, proprio dove la strada curvava in discesa, quindi poche possibilità che qualcuno si trovasse a osservare. Un posto ideale, in effetti, per trascinare qualcuno a bordo di un veicolo e ripartire indisturbati.

Mentre Boris recepiva nuovi odori di ipotetici rivali canini da inghiottire in un paio di bocconi, l'ispettore studiò la palazzina. Al primo piano si vedeva una portafinestra socchiusa. Doveva essere quella di Teresa. Una conifera cresceva di fianco e costituiva una comoda via d'accesso, una scala naturale con robusti rami a fare da gradini. Un'occasione perfetta per Pardo.

Al contrario di quanto Viola gli rinfacciava, Davide era tutt'altro che un poliziotto costretto nei rigidi schemi della legalità. Se c'era da passare lo steccato in nome di una buona causa, Pardo era in grado di cambiare terreno di gioco. Senza diventare un delinquente, beninteso: ma prendendosi le necessarie libertà.

Con la mente educata da decenni di carriera e di rapporti coi criminali, pianificò in fretta il da farsi. Chi ha tempo non aspetti tempo, l'occasione fa l'uomo ladro e un'altra dozzina di proverbi e di luoghi comuni gli vennero in supporto. Avrebbe legato Boris all'albero, confidando nella scarsa attitudine della belva al latrato, e si sarebbe arrampicato fino alla famosa portafinestra. Certo, non aveva un mandato e nemmeno era competente per zona, ma aveva notizia di un possibile reato ed era pur sempre un poliziotto. Se pure qualcuno lo avesse visto, avrebbe potuto esibire il tesserino.

Continuò a riflettere succhiandosi i baffi, mentre Boris marcava il territorio con meticolosa coscienza valutando di ripartire al galoppo verso un radioso futuro. Per scongiurare l'inizio di un'ulteriore sessione terrestre di sci nautico, Pardo approfittò della momentanea docilità di Boris, olfattivamente distratto dall'ambiente sconosciuto, e si diresse fischiettando alla conifera. Ora, va detto che Pardo aveva prestato un breve servizio in marina per poi accampare valide motivazioni a un congedo illimitato, prima che la naia fosse abolita. In quell'occasione si era distinto nel praticare nodi, con tanto di encomio da parte di un sottocapo di seconda classe preposto all'istruzione. Della cosa si era sempre vantato producendosi in complesse e talvolta fallite dimostrazioni, che fidanzate occasionali seguivano fingendo interesse con lo stesso impegno con cui, dopo, avrebbero finto ben altro.

Impiegò quindi buoni dieci minuti per legare Boris all'albero, con un complicatissimo doppio nodo bandiera capovolto indissolubile anche da parte di Houdini.

Soddisfatto del risultato, si diede alla scalata contando su una muscolatura agile e forte, dono della genetica e dell'allenamento derivante non solo dall'esercizio professionale, ma soprattutto dalla compagnia di un Bovaro del Bernese che sembrava uscito da un romanzo di Jack London.

Fu una performance epica, che lo portò sul balcone a ben cinque metri d'altezza con un probabile strappo alla schiena, la rottura dei pantaloni in tre punti e una scheggia di legno conficcata nella mano sinistra, tanto da sembrare una raffigurazione di san Sebastiano trafitto da un dardo. Attese di recuperare il fiato, smise di bestemmiare a mezza voce e si infilò nella portafinestra, attento a non fare rumore.

Lasciò che gli occhi si abituassero alla semioscurità. Meno di trenta secondi dopo, percepì un movimento alle spalle e si girò con un balzo, estraendo la pistola con tale veemenza da procurarsi un quarto strappo nei calzoni. Davanti a lui, accovacciato sui quarti posteriori, c'era un Bovaro del Bernese con una vaga espressione di sufficienza. Al collo, come una cravatta grunge, il guinzaglio reciso di netto subito prima di un doppio nodo bandiera capovolto, di ottima fattura.

Pardo valutò di sparare. Quale animalista avrebbe potuto contestargli nulla, in quelle circostanze? Poi decise di soprassedere. Per il momento.

Si diede alla perlustrazione dell'appartamento. Un posto freddo, asettico. Sembrava che la proprietaria non avesse voluto imprimergli un'identità. Boris si avviò indolente verso la cucina, alla ricerca di qualcosa da sgranocchiare.

Lo spazio era piccolo: un soggiorno con un televisore, una libreria con pochi, consumati volumi, una credenza con piatti e bicchieri impolverati, sul divano una coperta col telecomando sopra. I resti di una colazione sul tavolo, scansie semivuote. Pardo avvertì uno strano disagio davanti al senso di solitudine che emergeva dalla casa; e pensò a quello che avrebbe potuto immaginare di lui un poliziotto a cui fosse capitato di visitare la sua abitazione. Con ogni probabilità, l'impressione sarebbe stata la stessa.

Passò nella camera da letto. Una cabina armadio con molti vestiti e diverse paia di scarpe, i cassetti traboccanti di una lingerie audace che rese Pardo ancora più triste. L'ispettore notò due valigie, una piccola e una media, messe una di fianco all'altra. Sul comodino c'era una scatola di profilattici aperta e semivuota. A una presa era attaccato il caricabatteria di un cellulare, ma il telefono non c'era.

Nessuna traccia di appunti o documenti. Non c'era nemmeno un computer, né una scrivania. Il lavoro da una parte, la vita dall'altra. Se vita si poteva chiamare, quella.

Entrò nel bagno, che vantava un'esposizione di cosmetici davvero rilevante. Nella doccia, un accappatoio e creme di ogni tipo nell'apposito vano. Ci teneva alla cura del corpo, Teresa Pandolfi. Una vera guerra contro la vecchiaia, destinata alla sconfitta ma finalizzata alla dilazione del suo arrivo.

Ultima tappa, la cucina. Così avrebbe raccolto Boris e sarebbe uscito, stavolta usando la porta. L'ambiente se possibile era ancora più asettico, intonso, privo di oggetti. Teresa era una da ordinazione, più che da pasto da elaborare. Nel frigo, una bottiglia aperta di vino bianco e quattro chiuse, latte e uova, una confezione di prosciutto cotto ormai scurito.

L'unico tocco personale, a volerlo definire così, era un calendario appeso al muro con l'immagine di un gatto bianco dal muso scuro e gli occhi azzurri, che lo fissava con la stessa supponenza che gli riservava Boris. Si chiese per quale motivo la gente che poteva evitarlo tenesse quegli esseri in casa, con quello che costavano. Pensò alla propria, di disgrazia, che aveva appena smesso di grufolare nel secchio della spazzatura.

Pardo sbuffò. Non aveva trovato nulla di nulla. E dovette ammettere che alcuni elementi, come i resti della colazione, tutti i vestiti al loro posto e i cassetti pieni, non facevano immaginare una partenza pianificata. Il quadro sembrava in effetti compatibile con un allontanamento non programmato, e dunque con un possibile rapimento.

Percepì di nuovo una presenza silenziosa alle spalle, ma stavolta non ci cascò. Disse, piano:

«Dài, Boris, andiamo. Niente da prendere».

Come a smentirlo, il cane lo scrutò con aria di rimprovero. In bocca teneva qualcosa, che depose ai suoi piedi.

Pardo piegò con difficoltà la schiena dolorante, e raccattò una palla di carta estratta in tutta evidenza dalla pattumiera. L'aprì, disgustato dalla saliva dell'animale. Era un foglio di calendario del mese precedente, stavolta il gatto era un certosino dagli inquietanti occhi gialli. Doveva essere il fratello del micio di quel mese, perché la supponenza era la stessa.

C'era un giorno segnato con un cerchio, il 21. Sopra, una parola vergata con la stessa penna: *Strega*.

L'ispettore intascò il foglio, cercando di mantenere un po' di dignità davanti a Boris.

Il Bovaro lo fissò per un attimo, poi si avviò alla porta.

XX

La porta si aprì e la ragazza entrò.

Il dottore stava leggendo un verbale, la matita in mano per segnare note a margine o sottolineare. Era di quelli che seguivano il vecchio metodo, stampare il documento e maneggiarlo, per poi archiviarlo in uno dei capaci raccoglitori alle sue spalle.

Un modo antiquato di gestire le cose, se ne rendeva conto; colleghi anche più anziani di lui, nelle stanze di quel tentacolare sotterraneo che sembrava un monumento alla burocrazia, si erano adeguati alla modernità dell'informatica, più comoda e veloce. Ma aveva visto dischi fissi saltare e sbalzi di tensione causare danni irreparabili, e non voleva fare la fine di un paio di funzionari che avevano perso l'archivio e si erano ridotti a piangenti ragazzini smarriti.

Poi c'era la questione del controllo. Era convinto che la fissazione del passaggio al digitale fosse solo una scusa per spiare meglio ciò che ognuno faceva nel proprio ufficio. Ragion per cui no, grazie, lui continuava a stampare i rapporti e ad annotarli a mano. Dopodiché immetteva in rete quello che era necessario, ma l'originale lo conservava come aveva sempre fatto. I tempi potevano cambiare, d'accordo: ma non tutte le novità significavano miglioramento.

Alzò lo sguardo al di sopra delle lenti, la matita a mezz'aria, e fissò la giovane che si era fatta avanti fino alla scrivania. Non la conosceva. Disse, atono:

«Non mi pare di aver sentito bussare».

La ragazza sorrise, come di fronte a una battuta di spirito. Era robusta e non molto alta, capelli rossi e grandi occhiali che la rendevano ancora più giovanile, inquadrando pupille verdi colme di ingenua curiosità.

«Ah, mi scusi, dottore. Ci hanno detto che abbiamo libero accesso a tutti gli uffici della struttura, e temo di aver interpretato l'indicazione in modo un po'... estensivo. Se vuole esco e busso, però. Non voglio fare la figura della maleducata.»

Quindi erano questi, pensò il dottore. Una squadra ristretta di ragazzotti carichi di master e voti altissimi, incamerati per ringiovanire le strutture ma di cui si diceva che fossero un ispettorato politico, organizzato per far fuori i dinosauri.

Disse, freddo:

«Mi pare chiaro che lei sappia chi sono io, mentre io non so chi sia lei. Un vantaggio eccessivo, non crede?».

La ragazza sedette, continuando a guardarsi attorno come una bambina in un luna park.

«Lo sarebbe se fossimo in competizione, dottore.»

L'uomo sbatté le palpebre. Non aveva variato di un millimetro la posizione, inclusa la matita a mezz'aria.

«Mi scusi, non ho capito.»

La giovane rise, squillante:

«Intendevo: sarei in vantaggio se questa fosse una gara, ma non lo è. Siamo tutti e due dalla stessa parte, no, dottore? Io comunque mi chiamo Bianco, e faccio parte dell'Unità di esame interno per il rinnovamento delle strutture. Come saprà, i miei colleghi e io siamo stati assunti per provare a eliminare alcuni passaggi burocratici che rendono il lavoro più lento e bisognoso di risorse, che potrebbero essere destinate più utilmente altrove se liberate da…».

Il dottore disse, piano:

«Tagliatori di teste, si chiamavano ai miei tempi. Molto chiaro, signorina. E mi dica, come posso aiutarla nel suo compito di… eliminare i passaggi burocratici?».

La ragazza era in estasi:

«Ma lo sa che lei, dottore, è davvero un tipo? Mi piace tantissimo il suo humour britannico. Che poi neanche è più vero, io ho fatto uno stage all'MI6 e posso assicurarle che sembrano la Apple, per come sono informali. A Langley, invece…».

Il dottore pareva un serpente colto nel pieno del letargo:

«Signorina, apprezzo lo sfoggio di frequentazioni e ne sono colpito. Tuttavia, stavo completando un lavoro che vorrei ultimare entro oggi. Se non le dispiace».

«Oh, sicuro, si immagini, dottore. Siamo qui per agevolare l'attività, non certo per ostacolarla. Dunque, io sono qui per… per…»

Prese la cartellina che teneva sottobraccio e l'appoggiò sulla scrivania. Per poterla aprire spostò una vaschetta zeppa di documenti, facendo precipitare un portapenne cilindrico che rotolò al suolo. Il dottore mosse solo le pupille, che seguirono la caduta dell'oggetto. La ragazza squittì di sorpresa e scomparve dietro il ripiano per raccogliere matite, righelli e tagliacarte che ricompose alla meglio nel recipiente, mettendolo più o meno nel posto che occupava prima.

«Mi scusi, che pasticciona... Abbia pazienza. Mi serviva un po' di spazio. Allora, dicevamo: lei svolge fra le altre cose l'attività di sorveglianza di alcune unità periferiche, giusto? Che non hanno operatività diretta, leggo qui, che non fanno, come dite voi... lavoro sul campo. È così?»

«Non è esatto, signorina. Il loro può essere considerato anche lavoro sul campo, perché supervisionano l'installazione di telecamere, microspie, localizzatori satellitari che consentono di...»

«Ah, sì, c'è anche questo aspetto. Ma per il grosso fanno *matching*, giusto? Mettono a confronto messaggi, utilizzano software sui linguaggi. Tutte cose che si potrebbero benissimo fare qui, in sede. O in un centro di elaborazione dati, magari periferico. Questo permetterebbe un alleggerimento delle risorse, una razionalizzazione dei processi.»

Il dottore la fissava inespressivo:

«Immagino di sì, sono decisioni che non mi spettano, le pare? Io svolgo il compito che mi dicono di svolgere. Che non è solo questo, come diceva lei prima».

Di nuovo la ragazza rise, quasi fosse a uno spettacolo di cabaret:

«Ma certo, dottore. Anzi, a questo proposito, non vorrei essere chiamata "signorina", termine divertente ma antiquato, anche se in teoria lo sono, sia chiaro. Io sono la dottoressa Bianco, due lauree magistrali e due master certificati, oltre a una pluralità di esperienze che...».

«Sono sicuro che il suo curriculum avrà riscosso una standing ovation ai piani alti, signorina. Tuttavia, come le dicevo, ho un lavoro da finire e non vorrei trattenermi oltre l'orario.»

La giovane portò le mani sulle guance, come a scusarsi per le continue divagazioni:

«Vero, me l'ha detto, mi dispiace! Ci metterò un secondo. Allora, io sono qui per Pandolfi Teresa, dottore. La dirigente dell'Unità intercettazioni 1, che risulta assente da ventuno giorni. È corretto?».

Il dottore non tradì sorpresa e non mutò espressione, ma il cuore gli saltò un battito:

«Non saprei dirle i giorni esatti, signorina, come le ho detto ho anche altre competenze. Ma sì, la dirigente è assente per malattia. E tra qualche giorno dovrà presentare un altro certificato per ottenere la proroga dei termini».

«Quindi lei già sa che non rientrerà, dottore? È in contatto con lei? L'ha sentita, sa come sta? Vede, il rapporto umano è una risorsa fondamentale e non sostituibile.»

«No, signorina, non ho sentito nessuno. Mi riferivo solo alla scadenza del certificato medico, e siccome la patologia a quanto ricordo è piuttosto grave, immagino che l'assenza di Pandolfi sarà prorogata.»

La giovane si alzò, raccogliendo la cartellina:

«Ah, dunque lei immagina, dottore? Che bello, è rassicurante sapere che dopo tanti anni di servizio lo si faccia ancora. Pensavo ci si indurisse troppo. Va bene, allora aspettiamo di sapere se ci sarà una richiesta di proroga. Se invece Teresa Pandolfi dovesse rientrare, mi piacerebbe incontrarla. Ha una storia professionale affascinante. Peccato si sia ammalata. Così, all'improvviso».

L'uomo depose piano la matita accanto al verbale. Sembrava irritato:

«Ascolti, Bianco, non capisco il senso di questa sua visita. Mi faccia spiegare. Tra le molte competenze della mia struttura c'è anche il controllo della regolarità delle richieste di congedo, mansione che, per inciso, sarebbe più corretto destinare all'ufficio del personale, ma va bene lo stesso; credo di aver seguito in maniera corretta la procedura, inserendo il certificato nel sistema informatico. Pandolfi non è l'unica a essersi assentata, il tempo è commisurato all'entità della patologia. Quindi, se adesso vuole spiegarmi la vera ragione di queste domande...».

La ragazza serrò la cartellina al petto, come una studentessa col proprio diario:

«Dottore, ma lei ricorda il mio nome! Che bello! Non c'è nessuna ragione in particolare, stiamo solo cercando di capire quali unità siano necessarie e quali no. Se si può fare a meno di una figura apicale per molto tempo, comprenderà che si facciano delle valutazioni, le pare? Posso chiederle di comunicarmi se arriverà un nuovo certificato, o se possiamo parlare con qualche parente di Pandolfi? Ci piace pensare che un contatto umano, specie in un momento difficile, sia un bel segnale verso i nostri dirigenti».

L'uomo soffiò, secco:

«Non ha famiglia, Pandolfi. Nessuno da contattare».

Bianco era il ritratto del rammarico:

«Oh, davvero? Poverina! Vabbe', se verrà a sapere qualcosa mi informi, per cortesia. Trova il mio numero nell'elenco interno. Se accende il computer, è tra le applicazioni principali. Buon pomeriggio e buon lavoro, dottore».

E se ne andò, giuliva.

XXI

Le rotte del pensiero sono carsiche, Andrea lo aveva sempre detto. A volte emergono, brillanti alla luce del sole, e se ne ha percezione facendone buon uso; altre volte invece si immergono sotto il livello della coscienza, sfuggendo alla logica. In questo caso, lasciano addosso una specie di disagio, una sensazione non ben identificata di disordine.

Dal momento in cui Sara gli aveva trasferito la convinzione che la sorte di Bionda si giocasse sul filo delle ore, quel senso di disordine aveva pervaso Andrea e non lo aveva più abbandonato.

Il problema era come affrontarlo. Perché, pur scandagliando la memoria, non ricordava che Massimiliano gli avesse mai detto nulla su Brendev o sul Corso. E d'altra parte, la fotografia che aveva stimolato i pensieri di Mora, carsici anch'essi e quindi da tenere in considerazione, era precedente al periodo in cui i due avevano iniziato a lavorare insieme.

Per cui il cieco decise di procedere secondo un altro schema, che poi era quello tradizionale: partire da ciò che avevano in mano, che era pochissimo, sì, ma non era niente. Lo strano viaggio del bulgaro, prima di tutto. E di che cosa si occupava quell'azienda.

Cercando in rete col sofisticato sistema vocale che aveva ideato investendo molto della propria liquidazione, Andrea iniziò dalle ricerche di Viola e proseguì a ritroso. Si rese così conto che l'operatività di quella società era collegata a ben quattro imprese più piccole, assorbite da questa che adesso faceva capo a Brendev. Il percorso delle acquisizioni era diluito nell'arco di venticinque anni, man mano che procedeva il consolidamento finanziario e diventava più fitta la rete di protezione in patria. Ma che cosa c'era in quei container che andavano e venivano dall'Est? E soprattutto: per quale motivo l'Unità non se n'era mai occupata?

Il gruppo di Massimiliano, ricordò Andrea, aveva sempre assolto una sola funzione: intercettare e decodificare. Lo faceva sulla base delle indicazioni dispensate da due parti: la rete locale e le strutture centrali di Roma. Il tutto veniva trasmesso per via formale al responsabile, che era Massimiliano Tamburi.

Il capo era uno che condivideva. Uno stacanovista, ma non un accentratore. E Andrea ne era l'interlocutore privilegiato, un amico col quale Tamburi parlava di ogni argomento. Per essere all'altezza e non dimenticare nulla, Catapano, che aveva già cominciato a perdere la vista, registrava conversazioni e chiacchiere. Era un modo di tenere viva la memoria, e l'archivio che adesso conservava era frutto di quell'abitudine e di quegli anni.

I collegamenti che gli servivano emersero abbastanza in fretta. Tonnellaggio delle navi, bolle di carico e assenza di attività ispettiva evidenziavano che i container andavano pieni e rientravano vuoti. Del resto, le rotte battute e i contesti economici dei porti di partenza e di arrivo parlavano chiaro: niente contrabbando, niente merci in transito da altri Paesi, niente contatti col manifatturiero sommerso che, fino a una decina d'anni prima, proliferava negli scantinati delle periferie.

Rifiuti speciali. Era quello il business. Giunti in camion anonimi dal Nord industriale, protetti dalla criminalità organizzata che li prendeva in carico, stivati nei container e trasportati all'Est sulla base di un complicato e consolidato sistema di connivenze e corruzione.

La ricerca si fece complessa. Catapano chiese perciò l'aiuto di Viola, con cui operò in collegamento telefonico. La ragazza parve gratificata e si mise all'opera con entusiasmo. Oltre che verso il porto di Varna, i due rilevarono una rotta alternativa che lungo il Danubio portava a Svištov, per quantità minori: doveva essere roba ancora più tossica. Una cosa grossa. Molto grossa.

Come mai una faccenda di tali dimensioni, che aveva in città un luogo di smistamento fondamentale, non era stata segnalata all'Unità? Possibile che fosse sfuggita in anni di capillare controllo di tutto ciò che accadeva in ambito criminale, date le connessioni con il terrorismo e la politica corrotta?

Certo, l'argomento spuntava fuori in decine di intercettazioni; e Andrea andò a cercarle e a risentirle, le cuffie sulle orecchie, il registratore che girava lento nella semioscurità del salotto. Ascoltando le conversazioni tra coordinatori di organizzazioni terroristiche, capiclan, politici e industriali dalla fine degli anni Ottanta sino a metà dei Novanta, Catapano continuava a domandarsi con angoscia perché mai quel traffico non fosse diventato oggetto di un'indagine apposita. Lo stesso Tamburi focalizzava l'attenzione su altri aspetti, sorvolava; e Andrea stesso, forse influenzato da ciò che disponeva il capo verso il quale nutriva assoluta devozione, non si era reso conto che c'era un'autostrada e nessuno la vedeva.

Era evidente che quel comparto godeva di una dolosa immunità. Che chi avrebbe dovuto intervenire e predisporre investigazioni non lo aveva fatto. E non per un breve periodo, ma per anni.

Ad Andrea restava un dubbio: se era vero che l'Unità poteva agire solo in conformità delle indicazioni che provenivano da Roma o dalle strutture locali, era anche vero che poteva segnalare eventuali elementi degni di attenzione emersi dalle attività svolte. E questo competeva al dirigente responsabile, e cioè a Tamburi.

Era possibile che lui avesse fatto le segnalazioni, certo: ma ci sarebbe stata una risposta, positiva o negativa, e quella sarebbe passata anche per le mani di Andrea. Esisteva pure la possibilità che il capo avesse operato per le vie brevi, magari con una telefonata; ma perché non dirglielo?

Poteva però darsi – e l'idea guizzò come un lampo nella testa di Catapano – che tutto risalisse a prima dell'Unità, a prima del loro rapporto di lavoro, a prima della confidenza. Il pensiero gli fu di enorme sollievo, perché escludeva una barriera, un ostacolo fra i due che gli faceva male immaginare. Restava comunque un buco professionale, una grave negligenza o addirittura un'ipotesi di connivenza da parte di Massimiliano, che per Andrea era difficile da accettare.

Un solo scenario avrebbe giustificato tutto. Che qualcuno avesse detto a Massimiliano di farsi da parte perché la vicenda era seguita a livello centrale. Tamburi era un militare, si adeguava a ordini e disposizioni. Se un alto in grado gli avesse comandato di tenersi pronto soltanto per un'attività di supporto senza seguire direttamente l'azione, avrebbe obbedito e sarebbe passato oltre.

Non era un'ipotesi da scartare, si disse Andrea. Lui era un civile, ragionava in modo diverso. Un soldato è un'altra cosa, e Massimiliano lo era. Quindi, se questo Corso gli aveva ordinato di disinteressarsi dell'attività di Brendev, lui se ne era disinteressato. Punto.

Fu allora che il pensiero carsico decise di emergere, irrompendo come un fiume in piena nella mente di Andrea. Era il primo pomeriggio, e il salotto era rischiarato dai fasci di luce che penetravano dalle fessure delle tapparelle abbassate. Catapano se ne stava seduto in poltrona, accanto a un tavolino su cui svettava una montagnola di audiocassette, lo sportello del registratore aperto, la cuffia attorno al collo.

Aveva passato la notte a cercare di circoscrivere il perimetro. Dalle registrazioni non era venuto fuori niente, dalla memoria non era venuto fuori niente, dall'immaginazione non era venuto fuori niente. E il pensiero di Bionda che aspettava la sentenza di morte chiusa in chissà quale prigione diventava sempre più realistico, senza che lui potesse fare alcunché.

Si sentiva inutile. Un vecchio cieco inutile.

Poi, udì una voce.

La udì quasi fosse vera, quasi gli avesse parlato proprio lì, nel salotto, a un centimetro dall'orecchio.

Conosceva il nome. Il nome di chi aveva occultato le indagini sul traffico di rifiuti. Il nome della persona che da allora, e per tutto quel tempo, aveva fatto in modo che nulla venisse a galla.

Conosceva il nome di quello che, con ogni probabilità, teneva Bionda reclusa; e che, una volta accertatosi che da lei non poteva venire alcun rischio per la sua attività criminale, non avrebbe esitato a sbarazzarsene.

Conosceva il nome. E se aveva ragione, erano tutti in pericolo. Lui, Sara; ma anche Viola, Pardo, il piccolo Massimiliano. Perché l'affare era enorme, e nessuno si sarebbe salvato di fronte alla necessità di eliminare ogni granello di sabbia che poteva bloccare l'ingranaggio.

Conosceva il nome.

Perché gliel'aveva detto Daniela.

XXII

Non c'era solo l'infermiera muta, dagli occhi gelidi sopra la mascherina. Dal secondo giorno, ci fu anche una suora.

Era giovane, sulla trentina, ed era tutta chiara. Pelle bianchissima, occhi di un azzurro sbiadito come il cielo d'estate, labbra appena rosee, denti candidi, una peluria bionda che spuntava dalla cuffia. Una grande croce in oro campeggiava sul corsetto bianco e inamidato. Faceva ingresso nella stanza recando il vassoio col cibo, le pillole o il termometro, e sembrava un'apparizione celestiale.

La sua voce, un dolce sussurro melodico, non faceva eccezione rispetto al quadro generale. E quando alla richiesta di Teresa di conoscere il suo nome rispose di chiamarsi Angela, per Bionda non fu una sorpresa.

La sorpresa fu invece quella di sentirsi apostrofare dalla ragazza come *sorella*. Ma la suora credeva in buona fede che Teresa fosse a propria volta una religiosa.

Bionda decise di assecondare tale convinzione. Era evidente che le era stato detto così, e contraddirla avrebbe significato mettere l'altra sul chi vive. Si sarebbe chiusa nel mutismo, come l'infermiera, e per Teresa si sarebbero ridotte le opportunità di ricevere informazioni. Ragion per cui si finse ignara del perché si trovasse in quel luogo, e chiese delucidazioni alla suorina.

«Ah, povera sorella, non lo sa, quindi. È stata poco bene, ha avuto delle… amnesie, ma sta guarendo. Vedrà, in breve starà meglio. Siamo qua apposta.»

Teresa si era toccata la testa, come provando disagio a sentirla scoperta. Suor Angela aveva sorriso:

«La capisco, sorella. Ma può stare tranquilla, qui è come nella sua cella, non la vedrà nessuno. A parte suo fratello, è ovvio. È l'unico autorizzato a farle visita, e sono certa che verrà presto».

L'informazione era stata per Teresa di importanza estrema. Non aveva fratelli, e quindi non poteva che trattarsi di chi aveva organizzato quella prigionia. L'incontro le avrebbe dato finalmente modo di capire qualcosa in più di quel rapimento, ma avrebbe anche fatto scattare il conto alla rovescia sulla sua sorte. Non sapeva che augurarsi.

Un po' alla volta riuscì a carpire altri dettagli. Per esempio, che quel posto si chiamava Canzanella ed era un santuario, attorno al quale era stato costruito il monastero divenuto poi una specie di ospedale psichiatrico. Seppe pure che nelle altre celle c'erano religiosi con serie patologie, e ricevette persino i complimenti per la sua tranquillità, essendo la maggior parte dei ricoverati incline all'aggressività e all'autolesionismo. Angela le mostrò addirittura alcuni profondi graffi che aveva sul collo, ma ne era orgogliosa, quasi fossero un simbolo della propria fede. Teresa si domandò se fosse più pazza la giovane o quello che l'aveva ferita.

Due giorni dopo, suor Angela entrò eccitatissima, gli occhi illuminati dall'allegria:

«È arrivato suo fratello! Sono così felice per lei, la maggior parte degli ospiti non riceve mai visite! L'aiuto a prepararsi. Le ho portato un mio velo, così sarà a suo agio. Abbiamo pochi minuti, facciamo in fretta!».

Teresa raggelò. Era ansiosa di sapere, ma anche terrorizzata da ciò che poteva succedere. Chi stava per incontrare aveva in mano la sua vita.

Suor Angela uscì, e dopo un po' Bionda udì scattare la serratura. Ringraziando qualcuno dietro di sé, il dottore fece ingresso nella stanza.

Restarono a fronteggiarsi, Teresa seduta sul letto, il velo a coprirle la peluria grigia, le mani sul ventre; l'uomo intabarrato in un soprabito imperlato di pioggia, gli occhi inespressivi.

Passarono alcuni istanti, in cui la tensione non smise di crescere. Poi il dottore si accomodò su una sedia di fronte a Teresa, le mani sulle cosce.

In passato si erano visti un paio di volte, in occasione di riunioni organizzative; perciò Bionda era consapevole della sua identità. Teresa ruppe il silenzio:

«E quindi sei tu».

«Immagino fosse una delle ipotesi. Se non ci avevi pensato, sei meno in gamba di quel che credevo.»

«Ci avevo pensato. Doveva essere uno in grado di giustificare formalmente la scomparsa, se si sceglieva questa via. Ma c'erano delle alternative, no?»

«Sì, certo. Ma in quel caso, saresti già stata altrove.»

Teresa annuì, piano.

L'uomo sogghignò:

«Interessante, questa mascherata. Non ti sembra ironico? Una suora. Tu. Una bella metamorfosi».

«E perché? Potrebbe essere un'opportunità di fuga. Mi basterebbe fingere di essere rinsavita, parlare e comportarmi come una suora vera, chiedere di essere reintegrata. Mi aprirebbero la porta, e da quel momento diventerei una scheggia impazzita. Così assurdo? In fondo questa pezza in testa mi dona.»

Il ghigno del dottore si incrinò per un attimo:

«Non credo tu abbia competenze, in tal senso. Non reggeresti nemmeno a una confessione. Basterebbe domandarti di recitare un rosario e sarebbe finita. E poi sei qui su disposizioni talmente superiori che non possono nemmeno cambiarti il menu senza chiedere a me».

«Peccato, volevo proprio ordinare una bistecca alla brace. Non dovremmo essere lontani dalla Toscana, la carne è buona.»

Il dottore apprezzò il modo scelto da Teresa per fargli capire che sapeva guardarsi attorno. Ma tagliò corto:

«La questione è semplice: hai tradito il tuo mandato, passando informazioni a gente esterna ai Servizi. Potrei eliminarti per le vie regolari, ma esiste la possibilità che quella fogna che hai al posto della bocca vomiti fango su qualcuno che invece ha operato in modo corretto».

Teresa sembrava divertita:

«In modo corretto, certo. Come te, no?».

L'uomo fece finta di non aver sentito:

«Noi dobbiamo proteggere l'organizzazione, per cui per adesso, e sottolineo per adesso, abbiamo deciso di non procedere a chiuderti la bocca per sempre. E anche di lasciarti un po' di tempo in questo meraviglioso hotel, per dirci quello che sai e se, per caso, hai nascosto dei documenti da qualche parte. Sei della vecchia scuola, come me: ai nostri tempi si usava».

«Sì. Ai nostri tempi si usava.»

Il dottore si piegò in avanti, come per mostrare sollecitudine. Teresa capì che i suoi movimenti erano una recita per la videosorveglianza.

«Però si usava anche un certo tipo di reazione, no? Per esempio: le persone alle quali hai passato le informazioni. Vecchi amici, vecchi colleghi. Magari un disabile non vedente, o la nonna di un bel nipotino. Gente che ha una vita. Che esce, attraversa la strada. È pieno di pericoli, là fuori. Le persone sono fragili.»

Si alzò, avvicinandosi al letto:

«Pensaci, sorella. Rifletti bene. Probabilmente per te non c'è niente da fare. Ma ti puoi tirare dietro molti innocenti. Ne vale la pena?».

Si chinò in avanti e le posò un bacio sulla guancia. Ebbero entrambi l'impressione di toccare il marmo.

Quando arrivò alla porta, il dottore bussò piano e si girò:

«Hai qualche giorno. Se decidi, potrai dire all'infermiera di far chiamare tuo fratello. Non aspettare troppo, però. Siamo anziani, non abbiamo tutto questo tempo».

XXIII

Andrea aveva chiamato Sara dicendole di correre da lui. Quello che doveva dirle non poteva certo comunicarlo al telefono.

Nell'ascoltarlo, la donna aveva provato sentimenti contrastanti. Tristezza, malinconia, paura, preoccupazione e perfino nostalgia le si erano alternate dentro, via via che l'amico procedeva nel racconto. Doveva ammettere che le conclusioni di Andrea non facevano una grinza, anche se un'obiezione l'aveva mossa:

«Com'è possibile che quasi quarant'anni fa, prima che Massi mettesse in piedi l'Unità, questo tizio fosse già in grado di dare ordini? Era colonnello, quindi...».

Andrea aveva la risposta pronta:

«Mi sono messo in contatto con la mia amica e ho fatto controllare: essendo all'ufficio del personale, può guardare gli stati di servizio. È entrato come segretario del generale Portanova, che allora era il capo diretto di Massimiliano. Il generale usava dare ordini per suo tramite, con una cifra progressiva come codice».

«Portanova... Mi ricordo di lui, Massi me ne aveva parlato. Gli voleva molto bene. Morì nel 1990, credo.»

«Non so dirti se aveva trovato il modo di riprodurre e usare il codice, o se Portanova stesso per qualche motivo era d'accordo. Fatto sta che ha funzionato.»

Concordarono che non fosse il caso di informare Viola e Pardo della circostanza. Non avrebbe avuto utilità e sarebbe stato causa di preoccupazione. Meglio rimanere concentrati sul reperimento dei famosi documenti, ammesso e non concesso che esistessero.

A Sara arrivò la chiamata di Viola, che le annunciò la convocazione da parte di Pardo. Meno di mezz'ora dopo, erano tutti nel salotto della ragazza.

L'ispettore se ne stava in piedi, incurvato, torvo e a braccia conserte. Sara gli fissò i pantaloni:

«Non è un po' troppo giovanile questa moda per te, Davide? Tutti questi strappi, per carità, piaceranno anche, ma mi sembrano esagerati».

Pardo grugnì:

«Lasciamo perdere, eh? È che certe cose posso farle solo io, mentre voi ve ne state a giocare al computer o a sentire vecchi amici e colleghi di pensione. Si chiama azione, e compete ai maschi in piena salute».

Andrea si incuriosì:

«Scusa, perché stai curvo? Ti fa male la schiena?».

Pardo lo fissò a bocca aperta:

«E tu come lo sai che… Ma fai finta, allora? Cioè, fingi di essere ciec… non vedente, e invece ci vedi?».

L'altro rise:

«Guarda che lo puoi dire "cieco", non mi offendo. Ci sento, però, e hai il tono tipico di chi ha un dolore fisico: il suono arriva da un punto un po' distante da dove dovrebbe trovarsi la bocca rispetto ai piedi, quindi deduco che hai un problema alla schiena. Muscolare, perché è continuo e ti spezza il fiato. Giusto?».

«Sono stanco di queste dimostrazioni di magia nera, chiaro? Stanco! Cominciate a comportarvi come due vecchietti normali, una volta tanto parlate di dolori articolari e di farmaci, maledizione!»

Sara rise:

«A dire il vero, i dolori li hai tu, per ora. Dicci, che succede?».

Pardo raccontò di come si era introdotto in casa di Teresa. Viola era sconcertata:

«Cioè, stai dicendo che tu, un poliziotto, ti sei reso responsabile di un reato grave come l'effrazione? Soprattutto, senza concordarlo con noi?».

«Proprio perché sono un poliziotto certe cose le posso fare. Avevo notizia di un reato e sapevo che quella era la potenziale scena di un crimine, quindi avevo pieno titolo per entrare e fare un sopralluogo. Quasi.»

Viola ringhiò:

«Il "quasi" sta per l'assenza di un ordine del magistrato, per esempio? Che peraltro sarebbe mandato al commissariato competente per zona, che non è certo il tuo?».

«Ma chi sei, una dell'ufficio disciplinare della questura? Fatti i fatti tuoi, dannazione! Non vedi che ho rischiato la pelle e ci ho rimesso il miglior paio di pantaloni che avevo insieme alla schiena, la quale forse non guarirà mai più?»

Sara scrutava il guinzaglio di Boris, reciso a valle di un doppio nodo bandiera capovolto eseguito alla perfezione:

«Non so se ci conviene approfondire i dettagli. Mi interessa invece sapere che hai trovato. Perché se ci hai convocato, vuol dire che qualcosa è venuto fuori. Altrimenti avresti tenuto nascosta l'iniziativa. Ho ragione?».

Pardo assunse un'aria offesa:

«La prossima volta che mi verrà voglia di mettere a repentaglio la mia carriera per supportare le vostre assurde teorie, me la farò passare. Lo giuro sulla vita del mio cane».

Boris piegò la testa di lato, l'aria rammaricata di chi non possiede una mano con cui fare i debiti scongiuri.

Pardo continuò:

«E in ogni caso sì, credo di aver fatto proprio bene a entrarci. Posso dirvi che il quadro generale è compatibile con un'uscita di scena non programmata. Tutto sembra messo in maniera tale da lasciar supporre che la tizia avesse in mente di rientrare subito».

Descrisse i resti della colazione sul tavolo, i vestiti appesi in ordine, la biancheria ben riposta, le valigie vuote.

«Per non dire della portafinestra aperta. La cattiva notizia è che in quella casa non c'è niente: né appunti, né un computer, nemmeno un tablet o una scrivania. C'era il caricabatteria del telefonino nella presa vicino al letto, ma l'apparecchio doveva averlo lei perché non ne ho trovato traccia. Insomma, non i documenti né altro.»

Viola si strinse nelle spalle:

«E figurati, c'era da aspettarselo. E comunque tu hai fatto questa pazzia, peggio di un quindicenne, per rilevare quello che serviva a convincere te, cioè l'unico a sostenere il contrario, che Teresa è stata in effetti rapita».

Pardo ruggì:

«Senti, bambina, a parte il fatto che non avevo torto a dire che non c'erano elementi per sostenere questa teoria, ancora non è detto che sia stata rapita, è chiaro? Non abbiamo una denuncia, una testimonianza o...».

Sara disse, calma:

«Ma c'è dell'altro, no? È evidente dal tuo atteggiamento. Sei sulla difensiva perché avresti volentieri continuato da solo, ma purtroppo hai bisogno di indicazioni su qualcosa che hai trovato. E ce l'hai nella tasca destra, che ti sei toccato tre volte. Quindi, caro Davide, perché non ce lo mostri e andiamo avanti?».

Pardo sbuffò:

«Magia nera. Semplice magia nera. Nessuna procedura, nessun protocollo ma dannata magia nera». Tirò fuori dalla tasca il foglio di calendario col gatto certosino supponente. «Proprio mentre stavo uscendo, ho avuto un'intuizione. Mi sono detto: diamo un'occhiata nella pattumiera. Siccome c'era un calendario, e la vostra amica è scomparsa più o meno all'inizio del mese, ho immaginato che avesse buttato lì il foglio precedente. Ho pensato: vuoi vedere che ha annotato qualcosa? E che questo qualcosa magari è importante?»

Boris lo fissava, e lui evitava con cura di incrociarne lo sguardo. Sara lo colse e sorrise.

Pardo concluse, porgendo il foglio a Viola:

«E infatti c'era, con tanto di annotazione. Perché, ragazza mia, il *modus operandi* di un poliziotto non si batte».

Viola lesse, e con una smorfia passò il foglio a Sara.

La donna scorse il segno dei denti e scambiò un cenno d'intesa col Bovaro. Poi vide l'annotazione, e rimase a bocca aperta.

Pardo disse:

«C'è scritto *Strega.* Può significare qualsiasi cosa, che si sia ubriacata di liquore, che abbia visto un film dell'orrore, o che aveva un appuntamento con te, Sara».

La donna scosse la testa:

«Non ci posso credere. Davvero».

Andrea sussurrò:

«È quello che penso io?».

Sara annuì, come se Andrea potesse vederla. Poi soggiunse:

«Bravo, Davide. Potresti aver scoperto qualcosa di molto importante. Perché forse io so a chi si riferiva Teresa, quando ha scritto questa parola. Viola, tesoro, devi metterti subito al lavoro. Nel caso, Davide ti darà una mano con l'archivio della polizia».

Viola si mise all'erta:

«Cosa devo cercare, Sara? O meglio: chi?».

«Una donna. Una che dev'essere molto vecchia, più di novant'anni, e che è ancora viva. Non conosco il nome da nubile, ma quello da sposata è…»

Andrea concluse, a bassa voce:

«Sfinzi. Rachele Sfinzi».

Il nome cadde nel silenzio. Boris si alzò e andò vicino a Sara, che lo accarezzò.

Pardo, in apparenza senza ragione, arrossì.

XXIV

L'avvocato si accorse dell'auto.

Era in sosta come cento altre, a una trentina di metri dal suo studio, in una strada intasata dal traffico convulso. Alta cilindrata e colore scuro, come la quasi totalità delle macchine in quel quartiere esclusivo che mirava presuntuosamente a essere una city, ma aveva fallito nel dar seguito a quell'ambizione.

Si accorse dell'auto, e non ce n'era motivo. Perché andava di fretta, come tutti, sul marciapiede, sguardo a terra per scansare le pozzanghere, teso a guadagnare minuti o addirittura secondi che non sarebbero stati impiegati in niente di bello.

Si accorse dell'auto, ed era strano, perché nemmeno ci passò vicino: come se il tizio al posto di guida avesse avuto un telecomando in grado di richiamare la sua attenzione, o come se il telecomando, azionabile a distanze siderali, lo avesse avuto chi l'aveva mandato lì.

La vettura non lampeggiò, né suonò il clacson. L'uomo che la occupava non agitò la mano, né aprì il finestrino. Si limitò ad aspettare. L'avvocato si avvicinò, rigido, come trascinato da una forza misteriosa. Quando fu nei pressi della macchina, udì lo scatto di apertura delle portiere. Si sistemò sul sedile posteriore, e il motore si avviò.

L'autista sembrava l'uomo in nero messo di guardia durante la visita all'orto del Giardiniere, ma forse era il suo gemello, o magari chissà, erano fabbricati in serie. Da un orecchio spuntava un filo a spirale che scompariva nella giacca.

Lungo il tragitto, l'avvocato pensò con malinconia agli appuntamenti di quella mattina, ai disperati tentativi di segretarie e sottoposti di rintracciarlo. Sapeva che il suo telefono era stato schermato appena salito a bordo: non solo non poteva comunicare, ma nemmeno poteva essere tracciato nel percorso.

Rifletté sulle modalità di quel prelievo: in genere riceveva un messaggio e la convocazione era a un paio di giorni di distanza, dandogli modo di organizzare l'agenda e prepararsi. Quella macchina nera raccontava un'urgenza e una preoccupazione. L'idea gli inoculò disagio, come un tuono inatteso in una giornata di sole.

Il traffico si diradò e l'autista imboccò la strada secondaria che portava alla villa. L'avvocato si guardò le scarpe e andò triste col pensiero al paio precedente, che non era stato possibile recuperare ed era finito tra le calzature utilizzabili solo per le scampagnate che non avrebbe mai fatto.

Il cancello si spalancò senza che l'uomo alla guida attivasse comandi a distanza né comunicasse con qualcuno all'interno, e nemmeno rallentasse l'andatura. Quasi che i meccanismi si parlassero tra loro.

Parcheggiarono. L'autista scese senza degnarlo di uno sguardo, avviandosi sul vialetto in cemento. Si fermò alla fine, disponendosi in piedi a mani incrociate sul davanti dei pantaloni, muto. L'avvocato sospirò e, sollevandosi l'orlo dei pantaloni, si mise a zampettare nel fango, nel quale affondò subito fino alle caviglie.

Nel nulla, su una vecchia sedia in tela, gli apparve il Giardiniere.

L'avvocato arrancò verso di lui, sforzandosi di restare in equilibrio. Si domandò la ragione di quell'eccentrico modo di vivere: il vecchio avrebbe potuto trovarsi a bordo piscina dall'altra parte del mondo, immerso in una perenne estate, circondato da bellezze e da musicisti disposti a fornirgli dal vivo la colonna sonora che avrebbe preferito. E invece se ne stava lì, il cappello sdrucito in testa, la salopette malconcia, gli stivali in gomma dal colore ormai indefinibile, il ventre prominente che si alzava e si abbassava come unico segno di vita.

Si fermò a un metro da lui, tirando su calzoni e soprabito nel tentativo di salvarli dal fango. Sapeva che quella non sarebbe stata una conversazione e attese che il Giardiniere parlasse.

«Dicembre. Se c'è un mese da decifrare, caro avvocato, è dicembre. Si potrebbe pensare che sia conclusivo, che con lui giunga il momento di fare i bilanci: ma non nell'orto. Nell'orto il tempo dev'essere visto come un cerchio, non come una linea. Ogni mese è collegato alle stagioni che precedono e a quelle che seguono. E dicembre è strategico, direi. Ne abbiamo parlato a proposito delle erbacce, ricorda?»

L'avvocato annuì, ma siccome il Giardiniere non distoglieva lo sguardo cisposo dalle piantine che aveva davanti, si decise a pronunciare un sommesso "sì".

Il Giardiniere riprese:

«Ma a dicembre avviene una delle cose più importanti dell'anno. Il momento topico della vita dell'orto. Mi lancerei a dire: l'evento. Quello nodale, cruciale, sostanziale. E mi dica, avvocato: qual è l'evento in questione?».

L'avvocato trattenne il respiro. Era impreparato. Io faccio il mio mestiere, avrebbe voluto dire se ne avesse avuto il coraggio. Mi avete reclutato dopo l'università, quarant'anni fa, perché ero abile e astuto, sapevo muovermi tra le righe delle normative e avevo una memoria prodigiosa per la giurisprudenza. Ho svolto il mio servizio con cura e perspicacia, e soprattutto sono rimasto leale facendo il braccio operativo e il cuscinetto tra voi pescecani e il mondo esterno. Sono stato di volta in volta rappresentante, foglia di fico, scialuppa di salvataggio, contraerea e ambasciatore, e l'ho fatto bene. Lo sappiamo tutti e due. E allora, perché cazzo adesso devo starmene immerso nella merda fino alle caviglie, con i piedi che mai più riacquisteranno sensibilità alle dita, a rispondere a domande a vanvera sull'orto a dicembre?

«Non saprei, signore. Vede, il mio ambito di competenza esula da...»

Il Giardiniere rise, facendo ballonzolare il ventre:

«Certo, certo. Che ne sa lei? Siete polli d'allevamento, in città. Non conoscete i cicli della vita. Per questo sbagliate sempre. Per questo sbagliate tutto».

Il tono ironico non era cambiato. Ma le ultime due frasi diedero all'avvocato un brivido diverso, che non proveniva di sicuro dai piedi gelati.

«La semina. Ecco quello che si fa nell'orto a dicembre. In sintesi: si guarda avanti. Si ha una visione e si creano le premesse perché si realizzi. Ma attenzione, avvocato: mi ascolti bene, perché quello che sto per dirle è fondamentale.»

Si girò verso di lui. Dietro le lenti, spesse e sporche, si vedevano a stento gli occhi acquosi. A distanza di metri, la guardia in nero sciolse le mani e le portò lungo i fianchi, come rispondendo a un segnale. Un corvo emise un verso. Era come se l'intero ambiente recepisse la tensione. L'avvocato si chiese quale maledetto stregone avesse davanti.

«La semina dev'essere protetta, avvocato. In queste zone, dove fa freddo anche in primavera, se non si protegge la semina non si hanno i frutti. Ravanelli, melanzane e cicoria, lattuga e radicchio da taglio. Tutto andrebbe perduto, senza protezione.»

L'avvocato pensò a quanto poteva costare quella roba in un qualsiasi supermercato, ma si guardò bene dal proporne l'acquisto.

Il Giardiniere continuò:

«Si potrebbe costruire una serra. Ma sarebbe una scorrettezza, no? Non lo faremmo mai. Noi abbiamo bisogno di terra, certo, ma anche di sole e pioggia e freddo. Noi, avvocato, vogliamo tutto».

L'altro attese. Conosceva i codici, sapeva che stava per ricevere istruzioni.

«Siamo preoccupati, avvocato. Molto. Per questo lei è qui. Anche perché c'è chi preferiva far calare il silenzio su tutta la vicenda.»

All'avvocato si fermò il cuore. Lanciò un'occhiata dietro di sé, quasi aspettandosi che l'uomo in nero gli arrivasse addosso nel fango.

«La discrezione è essenziale. L'unica vera garanzia che tutto proceda in maniera ordinata e la semina dia i suoi frutti è che a occuparsi delle pratiche siano in pochissimi e fidati. Come è ovvio, l'attenzione maggiore dev'essere dedicata alla parte che ha più contatti con l'esterno. È d'accordo, avvocato?»

L'altro deglutì:

«Certo, signore, e le posso assicurare che non c'è stato nessun calo di attenzione su nulla. Per quanto mi riguarda...».

«Ecco l'errore, avvocato. Lei dice: per quanto mi riguarda. Un lavoratore dell'orto non lo direbbe mai. Se si vede che qualcosa può alterare la produzione, si provvede. E basta. Di chiunque sia la competenza. Se qualcuno ha prove o documenti che riguardano la nostra attività, all'impianto o nelle fasi successive, va fermato. Se piante che hanno dato ottimi frutti adesso non solo non producono più, ma possono mettere a rischio il resto, vanno estirpate. Non c'è gratitudine, nell'orto. Non c'è memoria del passato. L'unica cosa che conta è il raccolto. Si tratta di scegliere: se fare parte della nuova stagione o uscire di scena. Mi ha capito, avvocato?»

L'altro tremava. Fece di sì col capo, le parole non sarebbero venute fuori con sufficiente chiarezza.

Il Giardiniere riprese, con un sorriso che scoprì una fila di denti bianchissimi e regolari:

«Ma io sono un sentimentale, e mi affeziono. Per cui ho detto agli altri che secondo me si può ancora stare tranquilli. Vigili, ma tranquilli. Però le consiglierei, avvocato, di alzare la soglia di attenzione. E di capire cosa sta succedendo in un determinato convento, a parecchi chilometri da qui; e come mai si ritarda tanto a percorrere certe strade, come dire... canoniche. Divertente, vero? Canoniche. In un convento. Le parole si uniscono da sole, a volte».

Ridacchiò, il ventre che saltellava, i denti da squalo scoperti. L'avvocato si chiese se sarebbe mai uscito da quel maledetto incubo. Poi la risata scomparve di colpo:

«Bisognerà assicurarsi che non ci siano conseguenze. Perché se il nostro amico non ha provveduto come ci si aspettava, un motivo ci sarà. E non è certo l'umana solidarietà. Quindi, come per la semina, noi le raccomandiamo la protezione, avvocato. A monte e a valle».

Si alzò a fatica dalla sedia e si avviò verso le piantine, sguazzando nel fango.

Ripeté, e a malapena si udì nel vento:

«A monte e a valle, avvocato. Spero di incontrarla ancora. Lo spero davvero».

L'avvocato sentì una mano sulla spalla.

XXV

Teresa ora aveva ben chiara la situazione.

L'infermiera muta la sorvegliava per conto del dottore. Il sospetto le era venuto non appena suor Angela aveva condiviso con lei le poche informazioni, peraltro false, che aveva sul suo conto. Non c'era ragione per cui l'altra, che di sicuro non faceva parte della struttura, non avrebbe dovuto rispondere anche a semplici, neutre domande.

Cominciò quindi a fingere di prendere le pillole che quella le dava per farla dormire, nascondendole sotto la lingua. Suor Angela non le somministrava farmaci, limitandosi a misurarle pressione e temperatura. Ne ebbe un immediato beneficio in termini di lucidità, anche se aveva difficoltà ad addormentarsi. La tensione cresceva, era inevitabile.

Le riflessioni dei giorni precedenti l'avevano portata a immaginare che il dottore fosse una delle possibili figure dietro il suo rapimento. L'incontro con lui gliene aveva dato conferma, e questa era una buona notizia perché adesso Teresa aveva la certezza di chi fosse il nemico. Ma di notizie, purtroppo, ce n'erano anche di cattive; la prima: se l'uomo aveva deciso di mostrarsi, voleva dire che era disperato e non aveva la minima intenzione di tenerla in vita. A Teresa restava quindi un'unica strada da seguire: guadagnare tempo, consentendo a una persona amica di recuperare i documenti che costituivano la sua "assicurazione contro gli infortuni" così da poter avviare col dottore una trattativa che si preannunciava ostica e in salita.

Sì, perché qui stava la seconda brutta notizia: il dottore era una volpe. Uno che si era scontrato con soggetti temibili e potenti e se l'era sempre cavata. Il rapimento di Teresa e la sua reclusione finale in quel luogo ne erano la prova.

Bionda rifletté sui documenti. Non poteva sapere se proprio il dottore sarebbe stato messo spalle al muro da quelle evidenze. E pensò a dove si trovavano, e a come sarebbe stato difficile se non impossibile per l'uomo venirne in possesso.

Invece la persona amica sì, ci sarebbe riuscita. Anche se le sarebbe stato necessario un colpo di fortuna, o il lampo di una geniale intuizione. Ma i tanti ricordi comuni, le esperienze vissute insieme, qualcosa avrebbero potuto suggerire.

Mora, era la persona. Mora, la sua sorella diversa. Mora, dalla quale si era allontanata erigendo una barriera di ghiaccio. Nel prepararsi a una notte insonne e contemplando la luce tenue del lampione del chiostro che si intrufolava dalla finestra, ora se ne pentiva con tutta se stessa.

Perché si era comportata così, con Sara? Di che cosa l'incolpava? Se avesse coltivato il loro rapporto, se le avesse parlato, se avesse mantenuto l'antico livello di confidenza, forse adesso sarebbe già stata libera; o almeno avrebbe avuto una maggiore speranza di cavarsela. Invece, poteva soltanto aggrapparsi all'idea folle che Mora la stesse cercando e fosse capace di individuare il filo che portava a quei documenti, nonché la strategia per servirsene.

Al contrario, l'aveva respinta, aveva costruito un'esistenza senza di lei. E nemmeno le era stata vicina quando Massimiliano si era ammalato, e Sara aveva lasciato il servizio per stare con lui.

Nel silenzio della cella, sola come non era mai stata, la vita appesa a un filo, Teresa guardò forse per la prima volta al passato senza rabbia e senza dolore.

A Sara non aveva perdonato di aver fatto la cosa giusta.

Era quello il punto. Di botto le appariva chiaro, come se una luce abbagliante avesse illuminato d'improvviso le cose, traendole dal buio.

Sara aveva capito di amare, e aveva amato fino in fondo, senza fingere, senza paura, senza nascondersi. Si era innamorata e aveva cancellato tutto il resto, proprio quello che lei, Teresa Pandolfi detta Bionda, non aveva saputo fare. Finendo per essere punita dal destino. Finendo per essere condannata all'ergastolo del non-amore. Diventando la parvenza di donna, la maschera tragica che ora lo specchio del bagno rimandava impietoso.

Mentre Sara sfidava gli occhi del mondo, voltando le spalle al figlio e a ogni convenzione borghese, scegliendo un uomo tanto più anziano, attirando i pettegolezzi e le maldicenze dell'ambiente di lavoro, lei aveva lasciato che l'unico uomo che aveva amato andasse incontro a un destino atroce dal quale, forse, avrebbe potuto invece salvarlo.

Teresa non aveva perdonato a Sara la morte di Marco. E la sopravvivenza di Massimiliano, anche.

Si addormentò senza accorgersene. E i pensieri si incatenarono al sogno trasportandola in un altro dove e in un altro quando, infliggendole la pena di una falsa verità.

Si ritrovò a vagare nei corridoi del monastero, dopo che la porta della cella si era aperta con uno scatto metallico. Tutto era buio, nelle altre stanze non c'era nessuno. Avrebbe voluto fuggire, ma non sapeva da che parte andare.

A un certo punto incontrò Massimiliano. Pallido ed emaciato, come lo aveva visto l'ultima volta sul letto di morte. Indossava una specie di camice dal quale uscivano le gambe magre e i piedi nudi. Sottobraccio teneva una cartellina. La fissava con un'aria di vago rimprovero, come ai tempi in cui lavoravano insieme e lei arrivava in ritardo.

Lo chiamò: capo, capo! Lui però le girò le spalle e si incamminò lungo il corridoio.

Procedeva in maniera stentata, barcollante. Di tanto in tanto si appoggiava al muro; ma Teresa comunque non era in grado di avvicinarlo, perché il corridoio era diventato in salita ed era difficile proseguire.

Massimiliano giunse davanti alla porta di una cella, dalla quale proveniva l'unica luce. Si fermò per aspettarla e intanto guardava dentro, in viso un misto di dolore e di rimpianto. Teresa riuscì a raggiungerlo, guardò dentro anche lei, e vide una scena terribile.

Era come la statua della *Pietà*; ma al posto del Cristo c'era Marco, nudo. Solo un lenzuolo gli copriva i fianchi. Risaltavano i segni dei sei colpi di mitra che l'avevano ucciso: due al torace, quattro all'addome. Dai fori fiottava sangue nero, denso, che imbrattava il letto e finiva a terra. Ma lui non era morto, anzi, la guardava con lo stesso sorriso di quando avevano appena fatto l'amore e le chiedeva una carezza. Sembri tu il maschio, io voglio le coccole e tu vuoi dormire, le diceva così.

A tenergli la testa sulle ginocchia, ad accarezzarlo piano era la madre. Non giovane com'era allora, il volto sfigurato dal dolore, dalla consapevolezza di aver perso tutto ciò che aveva; bensì vecchia, come adesso, rattrappita e rugosa.

Era assurdo, ma Teresa provava vergogna a farsi vedere senza trucco, scalza, con il cranio rapato e un camicione informe addosso. Dopo tanto tempo, disse a Marco, mi faccio trovare in questo stato. Ma lui le diceva: sei così bella, la più bella del mondo.

Perdonami, disse Teresa. Perdonami di non averti costretto, di non averti salvato. Perdonami, se non ti ho amato abbastanza, se non ti ho amato come Mora ha amato lui. E indicò Massimiliano.

Mi hai amato abbastanza, amore mio, le disse lui. Perché non mi hai dimenticato mai, me lo ha detto lei. E indicò la vecchia, che senza smettere di accarezzargli la testa faceva sì con il capo, e non poteva parlare perché era viva, e quello era un sogno di morti.

Infatti parlò Massimiliano, che disse, picchiettando la cartellina: hai visto? Non li volevi, avevi detto che non ti servivano. E invece erano necessari. Non è vero, Marco?

Il giovane assentì, sempre sanguinando, sempre accarezzato dalla madre. E le disse: resisti, amore mio. Resisti, perché Mora lotterà per tirarti fuori. E saprà come fare, perché ad aiutarla ci sarà qualcuno.

Certo che sì, rispose lei. Ci sarà la Strega.

E cadde in un sonno senza più sogni.

XXVI

Se lo aspettava, e tuttavia quando accadde le si fermò il cuore per un lungo attimo.

Se lo aspettava perché ne aveva discusso con Andrea, stabilendo una strategia di breve termine che presentava non pochi rischi, ma che se fosse andata a buon fine avrebbe riservato un certo margine di manovra.

Avevano ragionato così: se avessero indugiato, avrebbero capito se e in quale misura chi aveva preso Teresa aveva rinunciato alla ricerca dei documenti, o se intendeva invece perseguirne il ritrovamento. E avrebbero anche compreso se aveva idea di dove Bionda avesse collocato le prove. Inoltre, avrebbero avuto l'opportunità di entrarvi in contatto; e Sara, Andrea o entrambi avrebbero potuto studiarne la condizione psicologica.

Per cui sì, Sara se lo aspettava. E temeva perfino che l'attesa si sarebbe rivelata inutile, e che quel tempo lo avrebbero pagato caro. Ma il messaggio arrivò, e fu un tuffo nel passato che diede a Mora un sollievo infinito. Perché quel messaggio, un numero preceduto da tre lettere che indicava la sua convocazione presso l'Unità dove aveva prestato servizio per trent'anni, significava che forse Teresa era viva e non aveva detto nulla che spingesse quella gente a ucciderla. Per ora.

Chiamò Andrea, gli chiese se pure lui fosse stato convocato. L'uomo, non senza una punta di rammarico, le disse di no.

Stavano cercando nell'ambito delle sue amicizie. Non avevano altro. E Sara sapeva qualcosa che loro non sapevano, però doveva stare attenta: dopo quell'incontro sarebbe stata sorvegliata. Prendere contatto con la Strega, per lei, sarebbe stato impossibile.

Si avviò in auto verso la sede dell'Unità. Ci era andata meno di un mese prima, per rendersi conto che Teresa era assente, ma stavolta fu diverso. Si sentiva come alla vigilia di un esame da sostenere, ma anche come se le toccasse interrogare qualcuno. Avrebbe recitato di fronte a una persona che recitava a propria volta, l'una pronta a smascherare l'altra. Lei, però, aveva il vantaggio di conoscere bene la situazione, e intendeva sfruttarlo.

Mentre il quartiere residenziale si stemperava nel centro finanziario e poi nella periferia industriale, Sara fece mente locale su ciò che l'avversario sapeva già. Fino a un certo punto sarebbe stato utile non mentire, per evitare di metterlo sull'avviso. Una partita a scacchi, con una posta altissima.

Parcheggiò e si spostò a piedi verso la sede. Non prevedeva di arrivarci: se chi l'aveva invitata a raggiungerlo l'avesse ricevuta in ufficio, avrebbe dovuto accoglierla in un ambiente sorvegliato sia in video sia in audio, oltre a mostrarsi agli occhi di tutti quelli che lavoravano lì. Non se lo poteva permettere.

Dunque Mora non fu affatto sorpresa di ritrovarsi affiancata da un uomo in soprabito scuro che la prese sottobraccio con fare amichevole:

«Buongiorno, signora Morozzi. Sono io che l'ho convocata. Venga, le offro un caffè».

Non era il caso di fingere stupore o di resistere. Lo seguì al bar, dove presero posto a un tavolino lontano dall'ingresso. L'uomo ordinò due espressi senza chiederle prima cosa preferisse, poi le si accomodò di fronte:

«Comprenderà se non mi presento, signora. E mi scuso per le modalità inusuali di questo incontro. Si tratta di Teresa Pandolfi, che è sua amica, vero?».

Sara lo fissò, attenta. Era magro, teso, nervoso. Il colorito, l'espressione, un piccolo tic all'angolo della bocca tradivano uno stress elevatissimo. Da parecchio quell'uomo non dormiva per una notte intera. Disse, calma:

«Mi perdoni, capisco la discrezione, però in un modo dovrò pure rivolgermi a lei. Comunque sì, Teresa è mia amica. Ma per quale motivo non possiamo discuterne in sede?».

L'uomo si era aspettato l'obiezione:

«Mi chiami dottore, è sufficiente. Ecco, vede, temiamo che Pandolfi sia in pericolo. E non siamo in sede perché la sua amica risulta irreperibile da tempo, e non possiamo escludere che tra i suoi colleghi ci sia un basista di chi l'ha fatta sparire. Perché c'è questa ipotesi, in effetti».

Sara sgranò gli occhi:

«Teresa? Ma come… se l'ho vista, quando? Un mese fa? Come, sparita? E chi l'avrebbe…».

Il dottore si guardò attorno. Un muscolo gli guizzò sulla guancia. Sara riconobbe i segni della paura.

«Risulta irreperibile dal 12 novembre. Ci è pervenuto un certificato medico con una richiesta di congedo per malattia, ma siamo convinti che sia falso e che qualcuno l'abbia rapita. Ora, signora, non perdiamo tempo: non ci sono molte persone con cui Pandolfi sia in confidenza.»

«Lo so, non ha parenti, certo. E noi due siamo antiche conoscenze, è sempre un piacere incontrarsi e ricordare vecchie storie, ma… non è che ci vediamo spesso, insomma. Non ci frequentiamo.»

Sul viso del dottore passò l'ombra di una collera cieca, che a Sara non sfuggì. L'uomo ritrovò subito la calma:

«Forse non mi sono spiegato, signora Morozzi. Con ogni probabilità la sua amica è in grave pericolo di vita. Forse addirittura è già morta. Non vuole aiutarci a trovarla? Se non vuole lo dica subito, così ci togliamo il pensiero».

Sara deglutì:

«No, no, si immagini. Tutto quello che posso, davvero, tutto per Teresa. Mi dica pure».

Il dottore sembrò distendersi:

«Quando l'ha vista l'ultima volta? E come stava? Le ha confidato qualcosa sul lavoro, sui casi di cui si stava occupando? O se aveva ricevuto minacce?».

Queste erano le domande obbligatorie da porre, pensò Sara. Quelle che, se non fossero state fatte, avrebbero generato dubbi. Stette al gioco:

«Gliel'ho detto, l'ultima volta che l'ho vista è stata più o meno un mese fa. Siamo andate a bere una birra, mi sembrava serena. Mi ha parlato di… Teresa non è sposata, frequentava diversi uomini e le piaceva raccontarmi di quello che… Insomma, abbiamo discusso di argomenti futili. Non mi ha detto niente del lavoro, non lo faceva mai. Solo che era diventato noioso, roba di computer e basta. Sa, ai nostri tempi ci occupavamo di persone. Per fortuna sono andata via, non mi sarei abituata mai, credo».

Il dottore la scrutava, assorto:

«Lei era la compagna di Tamburi, giusto? L'ho conosciuto. Un soldato vero. Un uomo straordinario, che sapeva da quale parte stavano il bene e il male. Deve mancarle molto».

Sara avvertì una grande voglia di sputargli in faccia e di dirgli: come osi parlare del mio uomo, lurido bastardo? Ti reputi migliore di lui solo perché sei riuscito a imbrogliarlo, fingendo che un ordine venisse da un superiore al quale avevi rubato un codice?

Si mostrò invece commossa:

«Sì, era proprio così. E io cerco di essere come lui, ogni giorno della mia vita».

Il dottore non le staccava gli occhi di dosso, come a voler penetrare nella parte più profonda di lei:

«Adesso ha un nipotino, giusto? Il bambino di suo figlio Giorgio, che non c'è più, credo di ricordare. Ho dato una scorsa al suo incartamento».

Mi sta minacciando, pensò Sara. Con Andrea l'avevano previsto, ma vederlo accadere le diede comunque un brivido. Stai attento, lurido bastardo, disse fra sé. Se provi ad avvicinarti a Massi, ti ammazzo come un cane.

Assentì, continuando a mostrarsi commossa:

«Sì. Ed è la luce dei miei occhi».

L'altro si piegò in avanti:

«Mi ascolti bene, Morozzi. Le faccio una domanda importante e mi aspetto una risposta semplice. Potrebbe essere vitale per la sua amica, mi spiego? Lo capisce, vero?».

Sara comprese che l'uomo non stava più seguendo la parte. In quel momento, per lui, non aveva la minima rilevanza che Sara avesse o no capito se davvero il dottore era lì per scoprire che fine avesse fatto Teresa, oppure per altri fini. Rispose, in fretta:

«Certo, dottore, mi dica pure. Sono molto legata a Teresa, e qualsiasi cosa io possa fare per...».

«Lei custodisce qualcosa che Pandolfi le ha affidato? O conosce qualcuno al quale ha affidato qualcosa? Non necessariamente adesso, intendo. Anche in passato.»

La donna sbatté le palpebre, confusa:

«Affidato? Che intende per affidato?».

Il dottore serrò le labbra, fino a farle divenire esangui. Era quasi dolce per Sara vedere sgretolarsi ogni forma di maschera da quella faccia.

«Qualsiasi cosa, cazzo! La prego, si gioca tutto sul filo delle ore, forse dei minuti. Se non scopriamo *perché* l'hanno presa, non scopriamo nemmeno *chi* l'ha presa. La vuole salvare o no?»

Sara ostentò paura:

«Io... no, non mi ha mai affidato niente. E nemmeno mi ha detto qualcosa che... Glielo ripeto: quando ci vediamo chiacchieriamo solo dei vecchi tempi, delle sue relazioni amorose. Io le racconto del piccolo Massimiliano, la madre me lo affida perché ha un impiego... Non è certo a me che Teresa parla del suo lavoro. Io sono fuori da molti anni, ormai. E non facevamo attività sul campo, noi decodificavamo filmati, conversazioni...».

L'uomo si alzò, cereo. Aprì e chiuse il pugno. Estrasse un foglietto dalla tasca e lo allungò a Sara:

«Questo numero ha una segreteria, sono sicuro che sa come funziona. Se le dovesse venire in mente qualcosa, chiami e io la ricontatterò. Sempre se saremo ancora in tempo. E non devo dirle io che questa conversazione non è mai avvenuta. Arrivederci, Morozzi».

Sara si finse spaventatissima quando annuì, e rimase seduta per un po' appena l'uomo se ne fu andato. Poi sorrise.

XXVII

Era arrivata giusto in tempo. Le aveva bloccato le braccia da dietro, proprio mentre stava per scagliarsi a pugni chiusi su un poliziotto in assetto antisommossa. Sembrava una furia.

La notizia l'aveva raggiunta con un attimo di ritardo. L'aveva cercata nella sala insonorizzata dell'ascolto, dove avrebbe dovuto essere per decodificare un'intercettazione, ma la porta era aperta, la cuffia penzolava dal filo, il soprabito era sull'attaccapanni. Uscendo di corsa, aveva incontrato un attonito Catapano al quale aveva urlato dove stava andando, poi si era lanciata per le scale, cercando le chiavi dell'auto nella borsa.

Aveva parcheggiato in seconda fila con una frenata brusca, e fatto l'ultimo tratto di corsa. In ospedale stava già arrivando gente, c'era un'atmosfera di curiosità morbosa e di terrore: proprio quello che volevano provocare, maledetti infami, vigliacchi criminali. Aveva trattenuto i pensieri, non era il momento dell'odio. Era il momento di trovare Teresa.

L'aveva trascinata fuori a forza. Gli agenti erano quattro, di guardia al reparto di chirurgia d'urgenza.

Non c'era ancora un funzionario per la comunicazione, le televisioni e i giornali stavano per giungere. Qualcuno si era girato curioso verso di loro, ma Sara aveva fatto in tempo a portare via Teresa prima che qualcuno si domandasse chi fosse quella bella ragazza bionda che urlava come un'ossessa.

L'aveva stretta forte, sollevandola da terra con una forza che non sapeva di avere. Le aveva sussurrato all'orecchio parole rassicuranti.

«Non sono nessuno, capisci? Nessuno! Non ho titolo per poter entrare, non mi conosce nessuno, non sono nessuno! Lui è là dentro, chissà come sta, io non lo posso sapere, forse è già… e io non posso nemmeno entrare!»

Teresa non ragionava, e nemmeno si poteva pretendere che lo facesse. Sara l'aveva trascinata verso una panchina obbligandola a sedersi. Solo allora Bionda si era abbandonata a un pianto disperato, le mani sulla faccia, le spalle scosse dai singhiozzi.

Mora aveva provato a calmarla:

«Non puoi sapere come sta, nessuno sa niente. Erano tre, no? Pare ci sia uno ferito lievemente, può essere lui. Dobbiamo aspettare».

«Non capisci? Io devo stare con lui! Avrà paura, fa il forte, ma sapessi… È fragile, lo so, non sembra, ma io lo conosco. Come me non lo conosce nessuno!»

Sara aveva sussurrato:

«Bionda, ti prego, abbassa la voce. Non ricordi chi sei, che fai? Vuoi finire in prima pagina su tutti i giornali? Lo sai, quelli scavano nelle vite della gente, se dovessero...».

Teresa l'aveva fissata, velenosa:

«E tu? Tu non scavi nella vita della gente dalla mattina alla sera? Non siamo morbose anche noi? Il mio uomo sta lottando fra la vita e la morte e io devo pormi il problema di non farmi vedere?».

L'altra l'aveva accarezzata:

«Non prendertela con me, adesso. A che serve fare casino? Non ti faranno entrare in ogni caso. Cerchiamo il modo di sapere come stanno le cose, invece. Abbiamo gli strumenti, no? In fondo io sono ancora una poliziotta».

Un po' alla volta, Teresa sembrava rendersi conto di dov'era e perché. Si era guardata attorno, smarrita:

«Sì, questa è la prima cosa, Mora. Ti prego, aiutami. Io devo sapere, devo capire. E lui... non deve stare solo, è fondamentale, capisci? Lui ha paura, io lo so che ha paura, fa lo sbruffone, ma ha paura. Io devo proteggerlo, qualcuno deve stare con lui».

Sara si era accovacciata, prendendole la faccia tra le mani:

«Ascoltami bene: se mi giuri che fino al mio ritorno non ti muovi di qui, io vado a vedere se riesco ad avere notizie. Ho il tesserino in borsa, a qualcosa servirà. Allora? Me lo giuri?».

Teresa aveva tratto un respiro, poi aveva annuito. E Sara si era perciò allontanata.

Era tornata cinque minuti dopo, ed era una persona diversa da quella che era andata via. Aveva saputo tutto da un giovane ispettore dalla voce malferma, terrorizzato e arrabbiato, che non aveva ancora ricevuto ordini di riservatezza.

Sara non sapeva cosa dire a Teresa. Non riusciva a mentire, tutta la sua vita era stata improntata all'assoluta sincerità: ma nemmeno voleva essere il boia della sua migliore amica. I pochi metri dall'ingresso del pronto soccorso alla panchina erano stati il percorso più difficile che avesse mai attraversato.

Aveva deciso per la via più vigliacca e comoda. Le omissioni:

«Ci sono due livelli, non sanno ancora niente. La dinamica è quella che si conosce, una rapina, erano in cinque, gli altri hanno sparato appena sono scesi dalla volante, loro hanno risposto al fuoco, due di quelle merde sono rimaste a terra. C'è la madre di Marco, nel primo livello».

Teresa l'aveva scrutava. Quegli occhi sgranati avrebbero popolato i sonni di Sara per molto tempo.

«Non sai niente di lui, Mora? Non sai se...»

Menti, aveva pensato Sara. Devi mentire, se le vuoi bene. Non devi essere tu. Non puoi essere tu, a dirglielo.

«No, Bionda, non mi hanno detto niente. C'è il magistrato, è arrivato adesso, lo sai che chiudono ogni canale. Adesso ci mettiamo tranquille e aspettiamo che...»

«Io l'ho lasciato. L'ho lasciato due giorni fa, lo capisci? Gli ho detto: o questa vita o me. O la strada, la maledetta adrenalina, l'azione che vuoi, o me. Non tutte e due le cose. Questo, gli ho detto. E adesso non posso nemmeno vederlo. Non sono niente.»

«C'è la madre, ci farà sapere qualcosa, no? Fingete di odiarvi ma...»

Bionda si era profusa in un mezzo sorriso, che aveva spezzato il cuore di Sara:

«Sì, ci vogliamo bene. Ci capiamo. Lei dice che è perché amiamo lo stesso uomo, io la chiamo Strega, ma ci vogliamo bene. Lo sa che...».

«Sì, gliel'ho fatto dire. La polizia è arrivata prima, ma ci sono anche i carabinieri. Hanno messo posti di blocco ovunque, vedrai che prenderanno quelli che sono riusciti a scappare. E ci daremo da fare anche noi, magari è qualche gruppo politico che si finanzia così, con le rapine; verrà fuori qualcosa, ne sono sicura.»

Teresa le aveva afferrato le mani:

«Non m'importa, Mora. Non me ne importa niente. Se viene fuori di là, se anche resta invalido ma vivo, io mollo tutto. Voglio passare la vita vicino a lui. Ti prego, Mora, ti supplico, fa' in modo che esca di lì. Perché io lo amo, capisci? Lo amo, e non ho fatto in tempo a dirglielo un'altra volta!».

Menti. Per una volta, dille una bugia. Proteggi questo cuore, non lasciare che muoia di dolore.

L'aveva abbracciata, soprattutto per evitare quegli occhi a pochi centimetri dai suoi. L'aveva abbracciata, perché non le leggesse la verità in faccia.

Una donna di mezza età era venuta fuori dall'ingresso del pronto soccorso. Le aveva viste, e si era avviata lenta verso di loro. Quando era giunta a qualche metro, Teresa si era girata e si erano guardate.

Era caduta in ginocchio. E l'altra si era inginocchiata davanti a lei.

A Sara era stato chiaro che Teresa era morta, e che avrebbe avuto un'altra amica da quel momento: non meno cara, non meno vicina, non meno sorella. Ma un'altra.

E finalmente, aveva pianto. Per quel ragazzo ucciso senza pietà, per quella povera madre, per la sua amica e il suo sorriso perduto.

E anche per se stessa.

XXVIII

L'atmosfera era ormai diversa, nel salotto di Viola.

Nessuno aveva più dubbi su quanto stava accadendo. C'era una nuova consapevolezza, e anche molti nuovi timori.

Viola, lenti inforcate e occhi sul monitor del computer, scorreva frenetica pagine su pagine:

«De Luca Rachele, nata in città il 6 gennaio 1930. All'epoca c'era la tendenza a dichiarare i figli qualche giorno dopo se si nasceva a fine anno, quindi forse è di qualche giorno prima. Diploma di maestra elementare, mestiere che ha fatto fino alla pensione, nel 1987. Ho la lista delle scuole dove ha lavorato, una decina. Si è sposata nel marzo del '51 con Giuseppe Sfinzi, funzionario del Comune, morto nell'ottobre dell'81. Un solo figlio, nato nel 1958».

Sara stava seduta in disparte, piegata in avanti. Seguiva attenta. Commentò:

«Non riuscivano ad avere figli, credevano che non sarebbe venuto più».

Andrea, il capo inclinato quasi stesse ascoltando musica, disse triste:

«Ci rideva sopra. Diceva: erano quasi fuori pericolo, i miei. Poi arrivai io. Scherzava sempre».

Pardo, dal divano, chiese:

«Ma chi?».

Viola non lo degnò di uno sguardo:

«Marco, carabiniere, morto in servizio nel 1993. Un conflitto a fuoco durante una rapina a una banca in provincia, due dei rapinatori morti, un carabiniere morto, appunto Sfinzi Marco, e due feriti di cui uno grave, che poi morì un paio d'anni dopo senza essersi mai ripreso».

Andrea spiegò a Pardo:

«Lavorava con noi, Marco. Era… stavano insieme, lui e Bionda. Era uscito dall'Unità sei mesi prima».

Sara aggiunse, e sembrava parlare a se stessa:

«Voleva l'azione. Aveva talento, era bravo, un fantastico spirito d'osservazione, ma non era fatto per stare da parte. Voleva la prima linea. Maledetto stupido».

Era così insolito per Sara un commento come quello, che sia Viola sia Davide si girarono sorpresi verso di lei. Andrea invece non mosse un muscolo.

Pardo si illuminò:

«Ah, adesso ho capito… Era questo Marco, il carabiniere, il legame tra le due donne. Ma che c'entra la Strega?».

Viola continuò:

«Dopo la morte del figlio, Rachele ha fatto parte di associazioni fondate dai parenti delle vittime di mafia e del terrorismo. Ha svolto attività sociali, insegnava ai bambini, dava una mano negli asili nido. Non una di quelle che manifestava in piazza o si vedeva in televisione, ma ho trovato spesso il suo nome. Mi sembra una in gamba».

Andrea concordò:

«Lo era. Provammo anche a darle aiuto, Massimiliano ci teneva molto, ma lei rifiutava con cortesia. Diceva che l'assegno della pensione le avanzava perfino».

Viola riprese:

«Ha avuto problemi alle anche, una delle operazioni non è andata benissimo. C'è un piano terapeutico nel sito dell'ASL, farmaci antidolorifici belli forti, e progressivi. Ha richiesto e ottenuto una sedia a rotelle, cinque anni fa, cambiata l'anno scorso».

Pardo mugugnò:

«Alla faccia della privacy».

«Ringrazia la mia capacità e le mie amicizie, tu e quegli inetti con cui lavori queste informazioni le avreste ottenute in sei mesi e solo con l'intervento di un paio di magistrati.»

L'ispettore saltò su:

«Sì, e sarebbe stato giusto! Non credi che i fatti privati della gente debbano essere protetti? Nemmeno sotto il fascismo era così facile sapere quello che...».

Sara scattò, con insolita violenza:

«Taci, maledizione! Contano i minuti, qui, non te ne rendi conto? Se non ti vanno bene questi metodi, esci da quella porta e non tornare più!».

Calò un silenzio attonito. Pardo, sbigottito, non si mosse dal divano. Alla fine Viola riprese, anche per spezzare la tensione:

«Da quattro anni ha due badanti che coprono l'intera giornata: dalle otto alle venti, dalle venti alle otto. Le tiene in regola, contributi versati con puntualità. Il sito dell'INPS riporta tutto, una moldava e un'ucraina, ho i nomi e le residenze, se servono».

Pardo, in cerca di riabilitazione, disse:

«Due badanti, e non in nero. Un bel carico, sulle spalle di una pensionata. Immagino tu abbia controllato la movimentazione del conto corrente».

L'aveva detto senza ironia, ma un'occhiataccia Viola gliela riservò comunque.

«Non le paga lei. Prendono seicento euro al mese per una, vedo gli accrediti, ma non le paga Sfinzi.»

Sara mormorò:

«Teresa, è ovvio. Le paga lei».

Viola confermò:

«Ordine permanente. Comprese le tredicesime».

Sara spiegò, sommessa:

«La Strega. Scherzando la chiamava così, in realtà ci andava d'accordo più che con Marco. E dopo la morte di lui cominciò ad andarla a trovare, le era di conforto. Poi non me ne ha più parlato, e a me è passato di mente. Ma non mi ha più parlato di un sacco di cose. E io, io avevo Massi. E non me ne sono neanche accorta, che non mi parlava più».

Andrea provò a scuoterla:

«Senti, Mora, non è proprio il caso di darsi delle colpe. Bionda era una donna adulta, faceva scelte consapevoli, se non si confidava non potevi certo essere tu a chiederle di farlo. La vita è fatta di stagioni, tu avevi la tua e lei la sua».

Pardo volle confortarla a propria volta:

«Sta di fatto che adesso, nel momento del massimo bisogno, ci sei tu per lei, no? Non conta, questo? Tu, e noi che siamo con te. Pensa se non avessi insistito, se non ti fosse venuto in mente che potevano averla rapita. Io, per esempio, che sono un testone, non ci credevo. E invece ora possiamo almeno provare a fare qualcosa per tirarla fuori da 'sto casino. Ti pare?».

Sara serrò le labbra. Aveva una fortissima, sconosciuta voglia di piangere:

«Noi, sapete, siamo sorelle. Le sorelle non sono come le amiche, che possono perdersi di vista. Le sorelle sono unite per sempre. Se succede qualcosa a lei, succede a me. È semplice, ed è così... Andrea, dobbiamo correre dalla Strega. Se c'è qualcosa, è là. L'unica persona nella quale Bionda aveva massima fiducia, l'unica alla quale, dall'interno dei Servizi, non si poteva arrivare».

Andrea si affrettò a rispondere:

«Tu però non ci puoi andare, lo sai, vero?».

Pardo disse:

«Perché no?».

Viola era convinta di saperlo:

«Perché Sara è nota, è quella che hanno contattato e convocato. Ed è molto probabile che la seguano e la tengano d'occhio, soprattutto adesso che hanno dovuto informarla della situazione di Teresa Pandolfi. Se avesse i documenti, o se sapesse chi ce li ha, è adesso che li andrebbe a prendere».

Andrea annuì:

«Quindi li condurrebbe proprio alla meta; e se la Strega non ha niente, le butterebbero la casa per aria e la farebbero fuori».

Pardo disse, a muso duro:

«Ci vado io, allora. Di me non sanno nulla, voglio proprio vedere che succede se incontro queste merde».

Sara era contraria:

«No, Davide. Sanno che siamo amici, ci hanno visti insieme e sei un poliziotto, quindi facilmente rintracciabile. L'unico di cui non sanno...».

Andrea concluse:

«Sono io. Se sapessero di me, mi avrebbero già convocato, come Mora. Ci devo andare io, dalla Strega».

Pardo soggiunse:

«Tu? Ma come fai, non è...».

«Che c'è, mi discrimini perché sono disabile? Non c'è niente di meglio che uno come me, per dare fiducia a un'altra portatrice di handicap. Abbi fede, Pardo. Vedrai, tu che puoi.»

XXIX

Il dottore attendeva da oltre trenta minuti.

Non era mai successo.

Nemmeno in memorabili momenti di crisi, in cui c'erano decisioni fondamentali da prendere; nemmeno in anni in cui era difficile persino incontrarsi, con occhi indiscreti piazzati ovunque; nemmeno in giorni in cui gli avversari si compattavano secondo alleanze misteriose e c'erano grovigli di interessi impossibili da dipanare. Nemmeno allora era avvenuto che, dopo il messaggio in cui lo si convocava, non ci fosse l'interlocutore ad attenderlo.

Stavolta si accomodò nella saletta riservata del club esclusivo, e attese. Si rese conto che le cose erano cambiate, e forse in maniera irreversibile. Si aspettavano risposte, e lui non ne aveva date.

La questione del Bombardiere, la sua evoluzione e la soluzione drastica a cui era stato necessario ricorrere avevano creato un pericoloso precedente, da cui ora potevano nascere spiacevoli conseguenze.

Era stato lui a muoversi, a scegliere come agire, sia per l'incidente aereo sia per l'intervento finale. Non era pentito, manteneva la convinzione di aver avuto ragione. Ma adesso si riproponeva la stessa situazione, seppur rovesciata: e gli si ritorceva paurosamente contro.

L'avvocato arrivò, scuro in viso. Non pareva intenzionato a scusarsi di non essere stato puntuale. Aveva l'aria tesa, preoccupata. Al cameriere discreto, che si accostò silenzioso, chiese un cognac. Di primo pomeriggio. La cosa agitò il dottore ancor più del ritardo, ma non fece trapelare nulla. Restò in silenzio, lasciando all'altro il primo colpo.

«Si aspettavano notizie, dottore. Eravamo convinti che ci facesse sapere qualcosa, ma non abbiamo saputo niente. E il tempo che è passato è davvero fastidioso, sa? Davvero fastidioso.»

Il dottore non mosse un muscolo.

L'avvocato si sporse in avanti:

«Io non ho capito se lei è così folle da non rendersi conto della situazione, o se si sta volutamente facendo carico di questa trascuratezza. Mi tolga una curiosità: ha capito quali interessi ci sono in gioco?».

«Le posso assicurare, avvocato, che tutto mi è oltremodo chiaro. Ma non credo affatto che ci siano rischi reali.»

L'altro si passò una mano tra i fluenti capelli candidi:

«Non ci sono rischi? No? Allora mi permetta di ricapitolare. Lei tiene sotto sequestro una funzionaria di alto grado dei Servizi in una struttura concessa da una figura apicale del Vaticano, che ha accettato solo per amicizia nei nostri confronti e non esiterebbe, in caso di problemi, a gettarci tutti in mare…».

Il dottore obiettò:

«Me ne sono occupato di persona, e ogni dettaglio è in ordine dal punto di vista delle procedure interne».

«Questa funzionaria l'ha vista in faccia, dottore. Sa chi è, e sarebbe in grado di riconoscerla e di farla cadere all'istante. Pur avendone avuto l'occasione, non ha fatto in modo di… E dire che, anche nel recente passato, lei non ha certo esitato a ricorrere a soluzioni drastiche.»

«Non prendiamoci in giro, avvocato: lo sa benissimo il perché. Questa donna potrebbe avere in mano documenti che…»

«Ecco! Appunto! Potrebbe!»

Aveva alzato la voce, stridulo. Due uomini seduti a un tavolo poco distante si girarono, sorpresi. Accortosi della loro attenzione, l'avvocato fece un sorriso ebete per rassicurarli e sibilò:

«Potrebbe. Li ha o non li ha, questi documenti? E in ogni caso, i nostri amici si chiedono per quale motivo non si metta la funzionaria in condizione di non nuocere. Perché, ci si domanda, non far sì che scompaia nel nulla insieme ai suoi dannati documenti?».

Il dottore sbuffò:

«Perché esiste l'eventualità, avvocato, che i documenti siano in possesso di qualcuno che, se questa persona sparisse in maniera definitiva, non esiterebbe a divulgarli. A quel punto la cosa sarebbe ancora più grave, non trova?».

L'avvocato tracannò in un sorso il cognac che il cameriere nel frattempo aveva servito. Si asciugò la bocca col dorso della mano.

«Mi spieghi la differenza che passa fra tenere questa persona segregata ed eliminarla. Perché mi sfugge, dottore.»

L'altro spiegò, paziente:

«Semplice, avvocato. Se un funzionario scompare, i Servizi attivano una procedura di ricerca attenta e capillare. E se non trovano la persona, attivano un'altra procedura in base alla quale i contatti diretti e indiretti la danno per morta. È una forma di protezione della struttura. Ora, nel nostro specifico caso, se quei dannati documenti esistono e sono stati affidati a qualcuno dei colleghi oppure, chessò, a un notaio, saltiamo tutti per aria. È più chiaro, adesso?».

L'avvocato artigliò il braccio del dottore. In oltre trent'anni di rapporti costanti, non si erano mai toccati.

«Dottore, mi ascolti. I nostri amici si sono stancati, e sono molto preoccupati. Non amano le sospensioni, e questa sta durando troppo: è necessario offrire loro una soluzione, altrimenti rischiamo la testa tutti e due. Qui non è nemmeno più questione di mantenere privilegi o mansioni: qui ne va proprio della sopravvivenza.»

Il dottore fissava la mano bianca che lo serrava, quasi fosse una bestia spuntata dal nulla:

«Avvocato, credo che il problema risieda nel fatto che lei, con tutto il rispetto, non è riuscito a trasferire ai nostri amici la marginalità della faccenda. Si tratta di qualcosa di gestibile e periferico, me ne sto occupando e non mi pare che ci siano questioni insormontabili».

L'altro rise isterico:

«No? Lei dice di no? Un incidente aereo con otto morti, un cadavere su una panchina vicino al mare; una serie di audiocassette depositate presso un giornalaccio online e una rischiosissima azione notturna in sede per farle sparire; un nostro partner bulgaro, ex agente e imprenditore, in stretti rapporti col governo del proprio Paese, convocato da lei e costretto a tenere sotto sequestro una dirigente dei Servizi; un cardinale... no, dico: un cardinale!... coinvolto per mettere a disposizione una cella in un monastero. E ancora siamo qui a discutere se questi fantomatici documenti esistono oppure no! Le assicuro che ho visto saltare teste per molto, molto meno».

Il dottore tentò di svincolare il braccio, ma fu inutile.

«Va bene, avvocato, va bene. Si calmi, adesso. Io non ho coinvolto nessuno che fosse esterno al nostro perimetro, quello sì sarebbe stato rischioso. Ma comprendo che, vista da fuori, la questione appaia più complessa di quello che è. Vuol dire che rinunceremo alla cautela, correremo il rischio che questi documenti possano venire fuori e ci libereremo subito della funzionaria. E tutto tornerà come prima.»

L'avvocato strinse più forte:

«No, dottore. Non è questa, la soluzione. La soluzione che voglio sentirmi dire è: avvocato, non si preoccupi, libereremo quella cella, la restituiremo al cardinale e nessuno saprà più nulla di questa donna né, e la prego di fare attenzione a questa parte, dei documenti, che non verranno mai fuori. È così, dottore? È questo, che mi sta dicendo?».

L'altro lo fissò. Capì cosa sarebbe accaduto se non avesse aderito alla lettera a quel quadro. Conosceva troppo bene l'interlocutore.

«Sì, avvocato. D'accordo, me ne occupo oggi stesso.»

L'avvocato lasciò andare il braccio del dottore.

«Non dubitavo, carissimo. Non dubitavo affatto.»

XXX

Sara era alle prese con se stessa.

Si era convinta che alla sua età, dopo il dolore procurato dalla perdita di Massimiliano, potesse ritenere chiuso il capitolo della sofferenza sentimentale; e che mai più l'inquietudine per la sorte di una persona cara le avrebbe troncato il respiro.

La stessa morte del figlio, appresa a fatto avvenuto, l'aveva messa a confronto con un altro tipo di pena, fatta di rabbia e nostalgia. Poi, la malattia del bambino e il ritorno a una maternità dimenticata le avevano detto che era ancora viva e collegata col resto del mondo; era stata di nuovo responsabile di qualcuno, e aveva scoperto uno spirito da combattente che non pensava di avere.

E adesso, di nuovo. Il destino di Teresa dipendeva da lei, ed era ancora peggio che con Massimiliano e col piccolo, perché con loro, al di là di procurare le cure migliori e, nel caso del suo uomo, di abbreviarne lo strazio, non aveva potuto altro. Stavolta, invece, camminava su un filo sottile, e se avesse sbagliato una sola mossa avrebbe dovuto vivere il resto dell'esistenza nel tormento di non aver salvato una sorella.

Lasciata l'abitazione di Viola, mentre procedeva a piedi verso casa lungo una strada lucida di pioggia e immersa nelle luci della sera, Sara sperava di aver fatto la scelta giusta affidando ad Andrea il difficile contatto con la madre di Marco. La cautela, però, era necessaria. Non tanto per sé, quanto per l'anziana donna, visto il timore concreto di portarle la morte a domicilio. Una prospettiva da evitare.

Tuttavia Andrea, uomo dalla straordinaria capacità interpretativa, non era incline ai rapporti umani. Se non fosse riuscito a ottenere la fiducia della Strega, l'incontro poteva risolversi in un buco nell'acqua.

Sara avvertì una presenza al suo fianco. Il pensiero della sorveglianza la colpì come uno schiaffo e si girò in fretta assumendo una posizione di difesa, attinta dalla memoria di antichi addestramenti.

Nico spalancò i grandi occhi azzurri:

«Ciao, Sara. Davvero vuoi picchiarmi?».

Il vento gli scompigliava i lunghi capelli grigi, e il riverbero dei lampioni gli illuminava di taglio il viso. Sara ebbe quel moto istintivo di riconoscimento che provava ogni volta che se lo trovava di fronte, e che non aveva alcuna giustificazione.

«Se mi arrivi alle spalle, col buio, in un quartiere come questo, non ti puoi certo aspettare un cordiale buonasera.»

Non si rese conto dell'asprezza con cui gli aveva parlato. Anche questo le capitava spesso, con lui. Immaginava si trattasse di una forma di difesa, ma non sapeva bene da cosa.

«Scusami, lo capisco. Sono appena tornato e sono venuto a cercarti a casa, ma non c'eri. Allora ho immaginato fossi dal bambino, e mentre mi spostavo verso l'abitazione della madre ti ho vista e ti ho seguita. Mi dispiace se ti ho spaventata.»

Sara lanciò uno sguardo attorno. Non vide nessuno. Riprese a camminare, con Nico accanto.

«Ti credevo lontano. Per lavoro, o per altro. Spero sia andata bene.»

Si riferiva al contatto con Ana; l'ultima volta che si erano incontrati gliene aveva fornito l'indirizzo, e lui le aveva detto che l'avrebbe raggiunta. La cosa le aveva procurato sentimenti contrastanti, nel merito dei quali Sara aveva preferito non entrare.

«Sì. Sono stato lì tutto il tempo, sono rientrato stamattina. Di questo volevo parlarti.»

Non siamo amici, rifletté Sara. Ci siamo visti un paio di volte, trent'anni fa. Poi hai operato mio nipote, gli hai salvato la vita e io ti ho ringraziato facendoti trovare una persona che cercavi da allora. Ma non siamo amici. Di cosa vuoi parlare con me?

Nico parve averle letto nel pensiero:

«Lo so che magari non ti interessa, e che non siamo le persone giuste per farci delle confidenze. Ma non esiste nessun altro che conosca il mio passato. E che sappia come si sono svolte le cose. Sei l'unica con cui posso confrontarmi. Puoi ascoltarmi, per favore?».

«Sì. Certo che sì. Immagino di dovertelo, peraltro. Ho avuto una parte, all'epoca; e tu hai permesso a mio nipote di vivere. Quindi di' pure, sono qui.»

«Della tua parte di allora abbiamo già discusso. Non potevi fare altro, e oggi capisco che mi hai anche fatto del bene. E tuo nipote l'ho operato perché sono un medico, è il mio mestiere. Se mi ascolti è per umanità, se non per amicizia. E io di questo ti ringrazio.»

Continuarono a camminare. Nico le raccontò del viaggio verso la cittadina, dell'inquietudine che diventava quasi paura man mano che si avvicinava al luogo dove viveva la donna a cui non aveva mai smesso di pensare, in quei trent'anni.

Le disse di quanto fosse diverso dalla metropoli il posto in cui Ana viveva ora, di quanto tutto fosse tranquillo e sereno, di come le persone vivessero secondo un ritmo più lento.

Le riferì del tempo trascorso ai tavolini dei caffè, sulle panchine dei giardinetti con un giornale davanti alla faccia, perfino sulla sedia di un cinema, tre file indietro alla donna.

Le descrisse il bambino, quanto fosse allegro e vivace, e come si addormentava all'improvviso per la stanchezza dei giochi.

E a lungo le parlò di Ana. Di come fosse ancora bella, ma anche dei segni che quegli anni le avevano lasciato sul corpo e sul viso, e sui capelli striati da qualche sbaffo grigio.

Le confessò anche di essersi guardato a lungo allo specchio nella stanza di un hotel; e che quello che aveva visto era qualcuno che Ana nemmeno avrebbe riconosciuto. Per cui tutte le cautele per nascondersi alla sua vista forse erano state inutili.

Sara ascoltava, sforzandosi di non interpretare toni, espressioni, movimenti: ma non le riusciva. Riconobbe perciò l'eco di una vaga delusione, non per la donna che aveva finalmente rivisto, quanto per la propria reazione. C'era dispiacere, rimpianto, perfino rimorso: ma nessun sentimento forte, nessuna passione, nessun desiderio.

Nessun amore.

«Non so che aspettativa avessi. Non capisco che cosa avrei voluto sentire. La verità è che ho visto un'estranea. Anzi, nemmeno un'estranea: una vecchia conoscenza, una persona con cui ho diviso un pezzo di strada, ma una strada scolorita, che nemmeno ricordo più. Secondo te che significa?»

«Significa che si cambia, Nico. Che si rimane aggrappati al ricordo, che certi sentimenti sono così forti da sembrarci impossibile che siamo andati avanti. Ci mancano, torniamo a cercarli: ma in realtà abbiamo nostalgia di noi stessi, di come eravamo. E di come non saremo più.»

Stettero in silenzio per un po', le mani nelle tasche, fianco a fianco. Poi Nico chiese, simile a un bambino che fa una domanda strampalata alla madre:

«E allora che cosa rimane, del passato? Che cosa ci portiamo dietro?».

«Rimangono i sentimenti, Nico. L'impronta di ciò che si è provato, passioni, amori, vicinanze. E si resta impegnati al sostegno. Alla presenza. L'uno per l'altra, sempre. Perché se si è stati davvero uniti, lo si rimane in eterno.»

E pensava a una ragazza bionda, nel sole, che le diceva: siamo sorelle, e lo saremo per sempre.

Nico si fermò. Erano giunti nei pressi del portone di Sara.

«Ho pensato che le scriverò. Le dirò: se hai bisogno di me, io ci sono e posso aiutarti. Col bambino, con te stessa. Con le cose che fai. Ma non la cercherò più, Sara. Io devo vivere. Non posso continuare a restare bloccato in un tempo che non ho vissuto.»

Qualcosa dentro di lei tremò.

«Ogni tanto posso venire a parlare con te? Mi fa stare tanto bene. Non so perché.»

«Ma certo, Nico. Tutte le volte che vuoi.»

La sera era così fredda, e umida, da stringere il cuore.

XXXI

Teresa era uscita in fretta dall'ufficio, afferrando il soprabito dall'attaccapanni senza rallentare il passo.

Uno dei ragazzi della segreteria aveva alzato gli occhi con aria interrogativa, ma Bionda lo aveva fulminato con lo sguardo: ora comandava lei, e faceva quello che credeva. Nessuno doveva permettersi di sindacare.

Sì, ora comandava lei, era ufficiale. Dopo i sei mesi di *interim* il ruolo era stato ratificato, perché ormai era chiaro che la malattia di Massimiliano non avrebbe potuto recedere: anche se quel fenomenale lottatore, quel soldato di mille battaglie non si sarebbe dato per vinto.

Tamburi, però, amava l'Unità di intercettazione e sorveglianza – la sua creatura – quasi quanto amava Sara. Non sarebbe mai stato tanto egoista da lasciarla nella precarietà di un proprio ipotetico quanto impossibile rientro. Così, al termine del primo ciclo di cure, era andato a Roma, nella sede centrale, per offrire le migliori referenze all'unica persona capace di assicurare piena operatività, nel segno della continuità del comando.

Bionda, che dopo la morte di Marco si era aggrappata alla carriera, ne era stata felice. La sua ambizione si realizzava, finalmente. E pur non possedendo l'esperienza e l'intuito di Massimiliano, aveva ottenuto ottimi risultati, rafforzando la posizione nell'anno successivo.

Non era mai andata a trovare il capo. Per riservatezza, certo; ma anche perché si sarebbe sentita in difficoltà a non potergli raccontare del lavoro. E poi, a dirla tutta, si riteneva incapace di reggere l'impatto col disfacimento fisico di quello che era stato un punto di riferimento per quasi tre decenni.

In ultimo, non le andava di ritrovarsi con Mora.

Le voleva bene, e il loro legame non si era spezzato; ma avvertiva il sottile senso di colpa che caratterizza chi sa che avrebbe dovuto essere più presente e non lo è stato.

In realtà, ce l'aveva con lei. Non sopportava l'idea che per amore avesse abbandonato il lavoro e l'opportunità di una carriera. Sara era più brava di Teresa, Bionda ne era consapevole, benché non l'avrebbe mai ammesso: essersene andata era un tradimento, all'Unità e a lei, ma anche a se stessa. Teresa lo trovava imperdonabile.

Per tutti questi motivi, la telefonata che aveva ricevuto era stata fonte di sorpresa e di disagio. Chi l'aveva chiamata non avrebbe dovuto poterlo fare, e lei non era stata così pronta da accampare scuse per evitare l'incontro. E d'altra parte, la curiosità avrebbe avuto comunque partita vinta.

Si era avviata in auto lungo la provinciale. Il fondo sconnesso e il traffico di autotreni consigliavano un'andatura lenta, ma Teresa aveva il piede pesante. Aveva parcheggiato nell'ampio piazzale della stazione di servizio e salito le scale che portavano alla veranda del caffè.

Aveva dovuto guardare due volte per essere certa che la persona fosse quella. E quando se ne era convinta, aveva provato una stretta allo stomaco.

Massimiliano Tamburi era una larva. Aveva perso una quindicina di chili; curvo, bianchiccio, viso rugoso, guance scavate. Indossava un pesante maglione a collo alto e un berretto di lana. Aveva letto sulla faccia di Teresa la dolorosa sorpresa, e si era alzato a fatica per accoglierla. Lei gli aveva scoccato un rapido bacio sulla guancia, per poi distogliere lo sguardo.

«Lo so, lo so, Bionda. Non ti sforzare. Non ci vediamo da... da quando ero normale. Credimi, sono molto contento di come sto, date le circostanze. Molto.»

«Scusami, capo. Hai ragione, e io sono una merda perché non sono venuta a trovarti quanto avrei dovuto. Ma è che...»

«No, no. Hai fatto bene, invece, lo dico sempre a Sara. Lei mi chiede, ma è più per se stessa che per me. Preferisco essere ricordato in buona salute. Hai fatto bene.»

Teresa aveva domandato, incerta:

«E lei... lei come sta?».

Sembrava una domanda formale, ma il tono diceva tutto.

«Lei lotta, più di me. Non si rassegna, legge tanto, trova notizie di nuove, assurde cure in ogni parte del mondo. Non può fermarsi, è testarda. Ma non devo dire a te com'è fatta.»

«No, non devi dirlo a me. Fa sempre così. Anche quando...»

«Sì, anche quando accadde il fatto di Marco. Fece così anche con te. Non si staccava neanche un momento.»

Teresa si era irrigidita e aveva cambiato argomento:

«Tu, piuttosto. Credevo fossi a letto, che non potessi uscire di casa».

Massimiliano aveva fatto una smorfia, provocando in Teresa un forte dolore perché era un atteggiamento tipico del Tamburi che dirigeva l'Unità, ciò che la persona davanti a lei non era più.

«Così dovrebbe essere, in effetti. Se i medici sapessero che mi sono tolto gli aghi, lavato, sbarbato e vestito, e che addirittura sono salito in macchina per venire fin qui, mi abbatterebbero con le loro mani una volta per tutte. Devo ammettere che mi sono fermato due volte per vomitare, dopo avere accostato perché mi girava talmente tanto la testa che avrei rischiato di mettere sotto qualche pedone. Ma sono qui, come vedi. Una piccola, grande vittoria.»

«Ma scusa, se avevi bisogno di me ti bastava dirmelo, sarei venuta io oggi stesso! Perché quest'imprudenza?»

«E perdermi per un'ultima volta il fascino della strada provinciale e della stazione di servizio dei camion? Giammai!»

Suo malgrado, Teresa aveva riso. Quello era un famoso luogo d'incontro segreto per i componenti dell'Unità, tra loro noto come "il cesso".

«Dopo oggi non ci vedremo più, Bionda. Io morirò entro poche settimane.»

«Capo, ma che dici? Vedrai che ti riprenderai presto, sono sicura che...»

«Ti prego, non farmi perdere tempo. Non ne ho abbastanza. E poi, non chiamarmi più capo. Ora sei tu a comandare.»

Con orrore, Teresa si era accorta di essere lì lì per piangere:

«Tu sarai sempre il capo. Sempre. E per sempre».

«Non è stato facile liberarmi dalla sorveglianza di Sara, la tua amica è peggio di una scorta armata. Ma io dovevo vederti, e da sola. Perché devo dirti due cose molto importanti. Che, mi devi giurare, rimarranno tra noi. Giura.»

«Capo, ma come posso giurarti qualcosa di cui non so nulla? Mettiti nei miei panni.»

«Devi giurare al buio. Fidandoti di me, e del fatto che ti voglio bene e quindi non ti metterei mai in difficoltà. Giura, ti prego.»

Teresa aveva tratto un respiro:

«E va bene, giuro. Giuro. Però adesso parla, mi fa stare in ansia che dovresti essere in un letto e invece sei qui con me».

«Due cose, ho detto. La prima è questa.»

Da una logora borsa in pelle poggiata a terra vicino alla sedia, aveva tirato fuori una cartellina azzurra che aveva deposto sul tavolino:

«Io tengo un archivio. È in un luogo sicuro, l'ho messo insieme nel corso degli anni. Un archivio piuttosto vasto, che è una specie di assicurazione contro l'odio o contro gli interessi altrui, diciamo. Chiederò a Sara di distruggerlo dopo la mia morte, perché contiene informazioni per avere le quali, se se ne sapesse l'esistenza, in molti sarebbero disposti a uccidere. Questa no, però. Questa occorre a te».

Teresa era perplessa:

«Perché dici che occorre a me, capo? Io non ho nessun problema».

«Lo so, Bionda. Ma potrebbe accadere, e questo è il mio regalo a te e all'Unità. Credimi, potrebbe garantire la sopravvivenza di entrambe.»

«Spiegami perché.»

«C'è un filone di indagine grosso come una casa, spuntato anni fa da altre operazioni. Hai presente quando ci si imbatte in qualcosa cercando altro? *Serendipity*, lo chiamano gli inglesi. Be', questo era davvero enorme. Quindi, faccio un bel rapporto in triplice copia e mi preparo a destinare tutte le risorse su questa pista, e da Roma che fanno? Mi dicono: lascia perdere, non te ne occupare più, ce la vediamo noi.»

«E di che si trattava?»

«Traffico internazionale di rifiuti tossici. Un affare da diversi miliardi. Ma non solo: connessioni tra politica locale, mafia e industria, con la gentile partecipazione dei Servizi segreti di almeno due Paesi dell'Est. Una cosa enorme. C'entra anche roba radioattiva, pensa. Con dietro nomi importanti, e alcuni rampanti uomini d'affari di cui sentiremo parlare. Anzi, sentirete.»

Tamburi aveva ridacchiato alla propria battuta macabra, ma Teresa non si era sentita di condividerne il buonumore.

«E tu, nonostante l'ordine di non occupartene...»

«Sono andato avanti, scoprendo quello che ti ho detto. Qui dentro, e solo qui dentro, ci sono verbali, documenti, intercettazioni. Tutto quello che serve, insomma.»

«Che serve? A che?»

«Non mi deludere, Bionda. Ragiona. Se mi hanno detto di non occuparmene, se hanno tagliato l'indagine sul nascere, che cosa vuol dire? Dài, che ci arrivi.»

«Che... c'è qualcuno, e forse più d'uno, dei diretti superiori, degli organi di sorveglianza dell'Unità...»

«... implicato in questo affare. E se c'è, vuol dire che giova che stia lì e occupi quel posto. Tradotto...»

«... lo lasceranno là per il tempo necessario. E starà ben attento a non far venire fuori niente.»

«Quindi ascoltami bene, Bionda. Questa cartellina non dovrai *mai*, e dico mai, tenerla con te. Non in ufficio, tantomeno a casa. Né dovrai affidarla a qualcuno a cui si arriverebbe facilmente, per esempio a Sara o ad altri colleghi. È chiaro? Devi nasconderla in un posto sicuro, da dove qualcuno, se tu non fossi reperibile o se sparissi, potrebbe recuperarla. E utilizzarla per salvarti. Mi hai capito, sì?»

Teresa si era mossa sulla sedia, a disagio:

«Capo, ascolta, mi pare un eccesso di cautela. Non è meglio trovare un canale sicuro e dare corso all'indagine? Così facciamo saltare il banco e ci assicuriamo anche il giusto merito per questa tua indagine».

«Povera, piccola Bionda, così ingenua. Non avresti una sola possibilità, fidati. Insabbierebbero tutto, e ci sarebbe una serie di strani incidenti che metterebbe fuori dai Servizi, e dalla vita stessa, te e tutti quelli che hanno toccato questi documenti. L'ho già visto succedere. Credimi, è l'unico possibile utilizzo di questa roba. E mi hai giurato che la tirerai fuori solo nel caso che tu o l'Unità siate in pericolo. D'accordo?»

Teresa aveva taciuto. Poi, allungata la mano, aveva preso la cartellina azzurra. Non senza esitazione.

«Va bene. Troverò qualcuno a cui affidarla, e resterà al sicuro. Te lo prometto. Ma avevi detto che dovevi dirmi due cose, capo. Qual è la seconda?»

«La seconda è molto più importante. Tu e Sara, Bionda, siete legatissime. Quando me ne sarò andato, a lei non rimarrà nessuno a parte te.»

«Capo, io...»

«Ti prego, non ho più tempo. Devo andarmene, adesso.»

Con una fitta, Teresa aveva capito che non si riferiva al ritorno a casa. Aveva atteso, in silenzio, che l'altro riprendesse fiato.

«So che non avete un rapporto facile: siete diverse. E non pretendo di costringervi a tenervi compagnia. Ma avete un legame che nessuno ha. Tu sei passata per la morte dell'uomo che amavi, e adesso sta per passarci lei. Avrete ferite, e sangue, e rabbia, e dolore, ma siete qualcosa di unico. Voi due siete sorelle.»

«Sì, capo. Lo siamo.»

Tamburi aveva sorriso, e la pelle tesa sul volto lo rese simile a un teschio.

«Ecco. Ti chiedo soltanto di non dimenticartene. Solo questo.»

XXXII

Viola e Andrea non si erano detti molto, nel tragitto verso casa di Rachele Sfinzi.

In realtà, il cieco non si era sentito gratificato dalla richiesta di Sara di portarsi dietro la ragazza. Pensava di sapersela cavare senza appoggi altrui. In fondo, si trattava soltanto di capire se quella donna aveva ricevuto qualcosa da Bionda, e farselo dare; non una montagna da scalare, per uno che aveva lavorato trent'anni nei Servizi segreti.

Mora, però, aveva toccato le corde giuste: c'era un'unica carta sul piatto, e non si poteva rischiare che la probabile misantropia di una donna tanto anziana mandasse tutto a monte. Certo, la presenza di Viola, ben nota quale nuora di Sara, avrebbe potuto destare sospetti; ma la posta in gioco era troppo alta, e Mora aveva deciso di tentare l'azzardo. Chissà, magari chi li teneva d'occhio aveva escluso la ragazza dalla sorveglianza, convinto che Sara non l'avrebbe coinvolta: avrebbe mai potuto, una nonna, mettere in pericolo la madre di un bambino così piccolo?

Del resto, ad Andrea Viola piaceva. Aveva qualche riserva su Pardo, troppo macho e vittima di un perenne complesso di inferiorità, ma la ragazza gli pareva razionale ed equilibrata, anche se soggetta a qualche guizzo artistico in eccesso. Per cui alla fine ne aveva accettato la compagnia, augurandosi di non essersi sbagliato su di lei.

Non ricordava molto della madre di Marco. L'aveva vista al funerale del figlio, composta, attonita. E della successiva visita a casa, quando aveva accompagnato Massimiliano, rammentava la cortesia gelida di lei, e la distanza siderale che traspariva dalla voce. Aveva pensato che Rachele si fosse ritirata in quell'altrove che ospita i genitori ai quali è stato strappato un figlio. Erano trascorsi tre decenni da allora, e se la donna era sopravvissuta, era evidente che alla fine aveva trovato le ragioni per farlo. Quindi un minimo di apertura al mondo doveva averla.

Ad Andrea sovvenne come Bionda prendesse in giro Marco, prima che il ragazzo lasciasse l'Unità, per il fatto che quella strega della madre gli impediva di comprarsi la biancheria da solo, o di apprezzare la cucina di un'altra donna, o di andare a vivere per i fatti propri. Era uno scherzo, al quale il ragazzo rispondeva fingendo di arrabbiarsi. In realtà, Teresa e quella che lei chiamava Strega si piacevano molto; e a Marco piaceva molto che si piacessero.

L'appartamento era in una zona residenziale, ma non di particolare pregio. Viola aveva telefonato, il numero era sull'elenco, e aveva parlato con una donna dall'accento straniero. Aveva chiesto di poter incontrare la signora, per recapitarle un messaggio da parte di una comune amica. Non aveva fatto nomi. Dopo un breve confabulare all'altro capo, aveva ottenuto un appuntamento.

Il portinaio aveva lanciato uno sguardo curioso agli occhiali scuri di Andrea, al braccio di Viola; li aveva però fatti passare senza difficoltà. La badante che aprì la porta era un donnone biondo con un paio di denti d'oro e la risata facile. Li aveva accolti con cordialità e li aveva fatti accomodare in un salotto liso ma ordinato. Andrea percepì forte l'odore degli ambienti abitati dai vecchi: disinfettante, detersivo, farmaci e un retrogusto di urina. Per quanto si fosse puliti, si sentiva; almeno lui, lo sentiva.

Dopo un attimo si udì un cigolio. La badante spinse la sedia a rotelle di Rachele fino a loro e li lasciò soli. Viola vide una donna assai anziana, ma vigile. Una corona di capelli candidi sormontava un viso rugoso con i tratti di un'antica bellezza.

Si presentarono, e la donna chiese in cosa potesse essere utile e chi fosse l'amica comune.

Andrea, piano, fece il nome di Teresa Pandolfi.

«Non basta nominare una persona che conosco, per presentarsi in casa mia. Dovrete dirmi di più.»

Andrea, sorpreso, restò in silenzio. Fu Viola a intervenire:

«Signora, ci scusiamo per questa visita, ma abbiamo ragione di credere che Teresa abbia dei problemi, in questo momento. Problemi seri».

Rachele rimase in silenzio per un po'. Poi disse:

«L'avevo immaginato. Viene a trovarmi ogni settimana, non manca mai di farlo. E se per un motivo o per un altro non riesce, mi chiama e me lo dice. Invece è da tanto che non si fa sentire».

Andrea chiese:

«E quando non si fa sentire, lei prova a cercarla? Lo ha fatto, per caso?».

«No. Si è raccomandata di non cercarla mai. Prima o poi si fa viva lei, mi ha sempre detto. E io mi fido.»

Viola insistette:

«Ci rendiamo conto che la richiesta potrà sembrarle strana; e capiamo benissimo che sia difficile rispondere a due perfetti sconosciuti. Però le posso assicurare che abbiamo molta urgenza, e...».

Rachele scandì bene le parole:

«Non è del tutto esatto quello che dice, signorina».

«Mi scusi?»

«Non è del tutto esatto che siate sconosciuti. Il signore, qui, si chiama Andrea Catapano, ed era collega di mio figlio e anche di Teresa.»

Viola guardò Andrea, che si produsse in un lieve inchino:

«Non credevo si ricordasse di me, signora Sfinzi. Sono passati trent'anni...».

«Ho avuto molto tempo per ripensare a quei momenti. E comunque sono vecchia, non rimbambita. Con Teresa parliamo molto, anzi, parlo solo con lei. E non credo che lei faccia lo stesso con altri. Mi chiama Strega. Dice che ho capacità deduttive non comuni, e che sarei stata brava anch'io, nel suo mestiere.»

Andrea sorrise:

«È vero, signora. Senz'altro».

La donna riprese:

«E qualcosa mi dice che la ragazza, qui, dev'essere la mamma del nipotino di Mora. Teresa mi ha raccontato che la sua amica è diventata nonna e ha ripreso a frequentare lei, Andrea. E se tanto mi dà tanto...».

Andrea era stupefatto:

«È davvero straordinaria, Rachele. E questa sua capacità ci aiuta, perché se sa chi siamo sa anche che può fidarsi di noi. Teresa, come ha visto dal fatto che non si è fatta più viva, non risulta reperibile. Questo ci preoccupa molto».

Sfinzi disse, dubbiosa:

«L'ho pensato anch'io, per la verità; ma è una donna adulta, e anche un po' insofferente rispetto alla vita che fa. Mi sono detta: magari ha incontrato qualcuno, magari sta facendo un viaggio. Può capitare. Mi avverte, di solito, ma forse stavolta le è sfuggito e...».

Viola l'interruppe:

«Lo sappiamo per certo, signora. Siamo stati a casa sua, e non ci sono segnali di una partenza volontaria».

Rachele si rivolse ad Andrea:

«E in ufficio che cosa sanno? In genere hanno la posizione precisa di tutti, no?».

Andrea esitò:

«Abbiamo ragione di credere, signora Rachele, che qualcuno dei superiori di Teresa sia coinvolto nella sua sparizione. Dobbiamo stare attenti».

La vecchia tacque. Da qualche parte, all'esterno, si attivò l'antifurto di un'auto. Poi disse:

«Teresa è mia nuora. Lo so, non ha sposato mio figlio; e sono stati insieme poco tempo e tanti anni fa. Troppi anni fa. Ma chissà come e chissà perché, lei e io siamo rimaste ferme ad allora. Siamo diventate una specie di famiglia. Monca, zoppa: ma una famiglia».

Viola fece per dire qualcosa, ma Andrea le mise una mano su un braccio. La donna continuò:

«Non ci siamo mai allontanate. Abbiamo litigato un sacco di volte, Teresa ha un pessimo carattere: ma credo mi senta come una specie di madre. E io l'ho sempre considerata una figlia. I figli te li devi tenere come ti vengono, non hai molta scelta».

Abbassò lo sguardo. Poi sollevò il capo:

«Mi fido di voi. Non posso fare altrimenti. Se Teresa è in pericolo, io vi aiuterò».

Spingendo le ruote della sedia con insospettabile energia, raggiunse una credenza. Aprì un cassetto e rimosse tovaglie inamidate, tovaglioli e biancheria da casa. Alla fine, dal fondo, estrasse una cartellina azzurra e la porse a Viola:

«Non ho mai guardato cosa ci fosse dentro. Quando me l'ha data, Teresa mi ha detto: augurami che non serva mai, Strega. Ho idea che quel momento sia arrivato, invece».

Mentre stavano per andar via, la donna disse:

«Vi prego, riportatemi mia figlia. Non posso perdere anche lei».

XXXIII

Non poteva essere preparata, e infatti non lo era.

Nelle ultime quarantotto ore suor Angela non era più venuta, lasciando il servizio all'infermiera muta. Teresa ne aveva preso atto con dispiacere: sapeva di non poter contare sulla religiosa per essere liberata, ma qualche parola e piccole notizie dall'esterno erano pur sempre un conforto.

Sapeva, però, che era questione di poco. Non potevano certo tenerla lì per sempre.

Sentì la puntura d'improvviso, alla spalla sinistra. Era l'alba e stava seduta in poltrona, un libro in mano; l'infermiera era dietro di lei, ad armeggiare con i farmaci sul comodino. Teresa sobbalzò per il bruciore ma non fece in tempo a girarsi, perché il torpore le prese arti e collo.

Ci siamo, disse fra sé: adesso chiuderò gli occhi e tutto sarà finalmente concluso.

Finalmente. Pensò proprio così. Quasi fosse giunta a un punto verso il quale aveva sempre proceduto da quando... Da quando? Attendendo che la mente si annebbiasse, risalì alla morte di Marco. E a quegli anni che aveva riempito di nulla: carriera, relazioni fugaci, viaggi solitari e inutili. Senza che né un luogo né un viso le si imprimessero nella memoria tanto da riemergere nei ricordi, adesso che era finita.

Poi si rese conto che la mente non si perdeva. Teresa restava vigile pur essendo paralizzata. Era abituata ad analizzare, e dunque analizzò. Se non l'avevano drogata per ucciderla, era per farle vedere qualcosa, o farle ascoltare qualcuno, senza che potesse reagire.

Con la coda dell'occhio percepì un movimento sulla destra, ma non poté voltarsi a guardare. Udì lo scatto della serratura elettronica, poi la chiusura della porta. Qualcuno era uscito, o qualcuno era entrato.

Il dubbio fu risolto dal rumore prodotto dallo spostamento di una sedia, che fu piazzata dall'infermiera proprio di fronte a lei. La donna le si avvicinò e le tastò il polso. Una voce femminile disse:

«Prego. La sente».

Era la prima volta che l'infermiera parlava in sua presenza, ed era una voce da persona giovane. Teresa provò tristezza per questo. Avrebbe preferito fosse più vecchia. Che ci fosse più speranza per il futuro.

Il dottore si sistemò sulla sedia. Erano passati tre giorni da quando era stato lì, ma era molto cambiato: scarmigliato, i capelli che scendevano dal cranio in ciocche smorte. Le guance, la fronte erano attraversate da rughe profonde. Le labbra esangui. Il colletto era sbottonato, la cravatta allentata. A Teresa sembrò perfino che la camicia fosse macchiata.

L'uomo la fissò per qualche istante, mordicchiandosi il labbro inferiore. Poi parlò, a bassa voce:

«È una questione di quantitativo, Pandolfi. La signorina ti ha iniettato un farmaco che ti tiene paralizzata, in virtù della dose che hai ricevuto. Ma c'è un'altra iniezione, di pari quantità, che completerebbe l'opera. È pronta, guarda... Prego, signorina, faccia vedere».

Nel campo visivo, a distanza ravvicinata, comparve una mano guantata che reggeva una siringa. Il pollice era sullo stantuffo. Subito la mano scomparve.

«È molto brava, la signorina. È stata selezionata con cura: due lauree, una in farmacia e una... come si chiama quella materia nuova? Scienze infermieristiche, già. Ben retribuita, certo, e anche per questo molto affidabile. Siamo al terzo rapporto professionale, vero, signorina? Ah, giusto, quarto. Con questo.»

Teresa sentiva la lingua gonfia e insensibile, quasi fosse coperta di pelo. Si domandò cosa volesse dirle quell'uomo spregevole che lei già non sapesse.

«Temo però che la fine non sarebbe indolore. Non esiste, una morte indolore. Si può fare in modo di evitare il disordine, certo; di non fare rumore, di non sporcare. Ma il dolore no, non si può evitare. Non so quanto lo vorrai tenere presente, Pandolfi, in questa nostra breve conversazione.»

Se avesse potuto, Teresa avrebbe detto che non aveva paura. Che aspettava quel momento da tempo, e lo aveva scoperto pochi minuti prima proprio grazie a quell'iniezione che l'aveva messa di fronte alla morte, o all'idea di essa, che era lo stesso. Avrebbe detto che sperava di potergli consigliare dove mettersi quelle minacce, che su di lei non sortivano alcun effetto.

«Il vecchio, caro codice di comunicazione, Pandolfi. Le palpebre: una volta per il sì, due per il no. Allora, ascoltami, le cose stanno così: non ti posso promettere che la scamperai, lo avrai capito. A questo punto è andata com'è andata. Ma puoi fare in modo che non succeda nulla a chi vuoi che stia bene, e qualche nome te l'ho fatto l'altra volta, se ricordi. Quindi, ti domando: questi famosi documenti esistono oppure no?»

Le aveva detto di Mora, del bambino, ma non erano i nomi giusti. Tutti sapevano dell'amicizia fra lei e Sara, e se fosse stato certo che ancora si frequentavano o che a lei davvero interessavano quelle persone, sarebbe stato molto più esplicito. Doveva capire se quell'uomo sapeva della Strega.

Sul viso di lui si materializzò una rabbia cieca:

«Quindi non ti importa della tua amica, e nemmeno di suo nipote. Fa niente, capitano tanti incidenti da quelle parti. Una nonna che spinge un passeggino è un bersaglio facile. Ma forse hanno ragione i miei amici. Forse non c'è nessun documento, e stiamo soltanto perdendo tempo. Forse sei solo un'egoista di merda, talmente piena di sé da non aver preso alcuna precauzione per la vecchiaia».

Teresa sentì muoversi qualcuno alle spalle. Dài, pensò. Falla, quest'iniezione. Sono così stanca.

L'uomo continuava a fissarla, gli occhi insonni pieni di odio. Le dita tamburellavano sulla coscia. Qualcosa lo tratteneva, ma le barriere stavano cadendo.

Dalla sua giacca venne un breve suono. Un cicalino a due toni, sommesso e delicato. Il dottore, l'espressione smarrita, si tastò la tasca, tirò fuori il cellulare e divenne ancora più perplesso, perché sul display non compariva alcuna notifica. Poi, come ricordando l'esistenza di qualcos'altro, ripose quel telefono e ne prese un altro. Guardò, e sul volto si dipinse un'espressione attonita.

Se ne restò così, sempre più pallido. Poi l'uomo alzò gli occhi su Teresa, lento. C'era qualcosa di diverso, in quello sguardo. Odio, certo; e una vena di disperazione. Ma anche una scintilla di soddisfazione, e di qualcos'altro. Disse, a bassa voce:

«A quanto pare, Pandolfi, il rapporto con la tua amica è più profondo di quanto sembri».

Girò il telefonino verso di lei e glielo avvicinò.

C'era una foto sbiadita, anzi, la foto di una foto. Si vedeva una versione più giovane del dottore, mentre passava a un uomo corpulento qualcosa che somigliava a una busta. Le facce erano ben visibili. Stavano su un molo, c'era la prua di una nave con un nome in cirillico.

Sotto la foto, alcune parole: *Giardini Ruoppolo, 14.30.*

Il mittente era memorizzato come *Morozzi.*

L'uomo si alzò e si rivolse all'infermiera:

«Rimanga con lei. Si accerti che assorba il farmaco, per ora non faccia l'altra iniezione. Non deve vedere nessuno. Mi farò vivo io domani. Pandolfi, a quanto pare la sua assicurazione ha funzionato. Io lo sapevo, che esistevano queste carte. Gliel'avevo detto. Siamo della vecchia scuola, noi».

E uscì, di fretta.

XXXIV

Sulla panchina dei giardinetti dalla quale guardava i bambini giocare, Sara pensò che a colpirla di più nel trovarsi davanti i famosi documenti era stato il colore della cartellina.

Quando Viola e Andrea l'avevano portata da casa della Strega, ansiosi di riferirle dell'incontro con la vecchia meravigliosa che si era rivelata un'alleata partecipe e disponibile, lei non riusciva a staccare gli occhi da quella copertina in apparenza anonima, che invece raccontava solo a lei una storia importantissima.

Perché quel raccoglitore era identico alle migliaia che componevano l'archivio segreto di Massimiliano, nella cantina di casa sua.

Non poteva certo trattarsi di una coincidenza. Ed era sicura che Teresa non fosse mai entrata in quel luogo, tantomeno che fosse in grado di districarsi nel complesso sistema di classificazione all'interno del quale lei stessa, che pure l'aveva consultato decine di volte, si muoveva con difficoltà.

Questo, rifletté nel sole pallido di dicembre, poteva significare una sola cosa: a dare i documenti a Bionda era stato Massimiliano. E non glieli aveva dati trent'anni prima, ma quando era stato sicuro che non ce l'avrebbe fatta a sopravvivere.

La consapevolezza le aveva schiacciato il cuore. Perché allora non era vero che il soldato Tamburi aveva accettato l'ordine infedele con ottusa acquiescenza, né che in qualche modo rientrava anche lui nella devianza della struttura. Aveva continuato per conto proprio a indagare, invece; e aveva raccolto ciò che serviva a mettere spalle al muro quella gente.

L'esame dei documenti aveva confermato tali conclusioni. Insieme ad Andrea, Sara aveva passato in rassegna verbali e relazioni, fotografie e trascrizioni di conversazioni. Il protagonista era sempre e comunque il dottore, insieme al suo rapporto con Grigori Brendev e diversi politici locali che si avvicendavano nel corso degli anni, percependo buste e concordando assenze di controlli. Un lavoro ben fatto, focalizzato su quella società che tesseva un traffico consolidato e assai redditizio.

Mancava la parte successiva dell'indagine, quella che avrebbe ricostruito i fili tra il dottore, Brendev e gli industriali che finanziavano l'intera operazione. Su quella Massimiliano non aveva potere, essendo roba maneggiata solo dalla sede centrale. Ma le premesse c'erano tutte.

Sara si era mossa molto prima dell'appuntamento, e si era sistemata a una certa distanza dall'ingresso del parco. Voleva vedere entrare il dottore. Non aveva con sé i documenti, rimasti al sicuro a casa di Viola con Pardo, Andrea e Boris di guardia; ma sul telefonino aveva caricato un ampio servizio fotografico, più che sufficiente a far capire all'uomo che non aveva scelta. Teresa andava liberata, e subito. Altrimenti, per lui era finita.

Una donna le si sedette accanto, allegra:

«Buongiorno! Posso raccontarle una storia?».

La sua recente ma intensa esperienza di nonna aveva abituato Sara a quella che definiva "la fauna dei giardinetti". Mendicanti, piccoli truffatori, venditori di fazzoletti, accendini e ogni sorta di merce, tossicodipendenti alla ricerca di finanziatori della dose successiva, immigrati affamati; ma anche giovani mamme vogliose di chiacchierare con un adulto, dopo aver ciangottato con la propria creatura per ore. Era diventata assai abile nello scoraggiare le conversazioni con una battuta gelida. Peraltro, era lì per un incontro cruciale.

«Grazie, ma mi scusi, ho un impegno e non posso proprio...»

«Nemmeno se le dico che la mia storia ha per protagonista la Vispa Teresa?»

Il nome fece sobbalzare Sara, che si girò verso la donna. Era certa di non averla mai vista. Capelli rossi, grandi lenti con dietro occhi verdi pieni di entusiasmo, faccia pienotta. Indossava un cappotto viola di taglio moderno, e stringeva una borsa dello stesso colore. Poteva avere poco più di trent'anni.

La fissò inespressiva e la ragazza annuì, quasi avesse ricevuto una risposta positiva.

«Lo so che ha un appuntamento importante, signora. E non voglio toglierle tempo, mi creda. Sono qui per dirle che non è sola. Che siamo consapevoli di quello che sta succedendo.»

«Non so di che cosa stia parlando. E nemmeno mi interessa. Deve avermi scambiata per qualcun'altra.»

La giovane rise, come avesse appena ascoltato la più divertente delle barzellette:

«Certo. Le racconto la storia. La Vispa Teresa, facendo il suo lavoro, inciampa in qualcosa che può dare fastidio a un suo superiore. Che poi non è nemmeno esatto, definirlo superiore. Diciamo meglio: uno che deve controllare l'attività della Vispa Teresa. Ci siamo, fin qua?».

Sara non rispose. L'altra continuò:

«Questo fastidio è un gran brutto fastidio, tanto che il superiore, che per comodità chiameremo il dottore, decide di fare alla Vispa Teresa qualcosa di molto cattivo. Prepara tutto per bene, il dottore. Si organizza, si cura che nessuno si accorga di niente, prende la Vispa Teresa e la nasconde chissà dove».

Sara non muoveva un muscolo. Un pallone rotolò vicino ai suoi piedi e un ragazzino lo venne a recuperare, mormorando delle scuse.

La giovane riprese:

«Caso vuole, però, che il dottore sia a sua volta sorvegliato. Non è divertente? Una specie di gioco delle scatole cinesi, ognuno controlla qualcun altro senza sapere di essere controllato. Magari in questo momento qualcuno controlla anche me, non è simpatica, 'sta cosa? A me diverte assai!».

Sara non reagì, ma l'altra si comportò come se avesse riso anche lei.

«E chi lo controlla, da tempo aspetta una mossa falsa. Perché sa, finché uno non fa una mossa falsa non si può essere mai sicuri. Che stupida, dico questo a lei che è una leggenda del nostro mestiere. Anzi, non le ho detto che è un grande onore incontrarla. Mi chiamo Bianco. Potrò dire ai miei colleghi che l'ho conosciuta, è una grande emozione!»

Sara insisteva nel non rispondere. L'altra comprese:

«Giusto, non dica niente. In fondo potrei essere chiunque, e già questa è una bella lezione, la ringrazio. E allora, perché sono venuta a raccontarle questa storia? Solo per dirle che abbiamo intercettato il suo messaggio di ieri, con quella bella foto, perché teniamo il dottore sotto stretta sorveglianza. Non sappiamo purtroppo dove la tiene, ma la Vispa Teresa è di sicuro ancora viva, come emerge da certe conversazioni. Teniamo d'occhio l'evoluzione della faccenda, e non deve pensare che la struttura centrale sia inerte o, diciamo, disattenta».

Sara fece una smorfia:

«Bella storia. Ma continuo a non capire che cosa vuole da me, signorina».

La donna rise:

«Signorina! Anche lei! Dev'essere un fatto generazionale! Può chiamarmi dottoressa, oppure solo Bianco, mi piace, fa molto identità segreta. Quello che vogliamo da lei, è che ci aiuti. Ci aiuti a fare pulizia. Ci fornisca le prove di cui abbiamo bisogno per avviare le dovute indagini. Anche perché trattenere quei documenti dove li tiene ora può essere davvero pericoloso: abbiamo idea che la connessione tra i soggetti referenti del dottore sia di enorme entità. Davvero enorme. E molto, molto potente».

«Terrò presente. Nel caso, dove la rintraccio?»

La ragazza batté le mani, come una bambina felice:

«Non si preoccupi, riceverà un messaggio con il numero del mittente. Siamo nativi digitali, sa. Preferiamo fare così. Adesso tolgo il disturbo, non voglio rovinarle l'appuntamento galante. Stia tranquilla, però: io o chi per me restiamo in zona. Non le potrà accadere nulla di male. In bocca al lupo, si dice? In senso metaforico, naturalmente».

Continuando a ridere della propria battuta, si alzò e se ne andò.

Osservandola camminare, Sara notò che aveva i piedi piatti.

XXXV

Nella mezz'ora che mancava all'appuntamento col dottore, Sara cercò di inquadrare le nuove informazioni.

Non era una sorpresa che la struttura centrale si fosse resa conto dell'anomalia della scomparsa di Bionda, e avesse attivato i controlli; e nemmeno era strano che avessero individuato il punto di snodo dell'irregolarità, e cioè chi aveva predisposto la falsa documentazione per giustificare l'assenza di Teresa. A dover essere interpretata, e con attenzione, era la decisione di prendere contatto con lei.

Avevano intercettato la fotografia che Sara aveva inviato al dottore. E avevano capito che c'era in corso una specie di trattativa tesa alla liberazione della sua amica. Ma perché avvertirla? Perché coinvolgerla, se comunque Mora non avrebbe cambiato di una virgola il proprio atteggiamento?

Poteva esserci una sola spiegazione: volevano prendere il dottore con le mani nel sacco. E sapevano della capacità di Sara di accorgersi di eventuali sorveglianze sulla scena del possibile scambio. Non potevano correre il rischio che si dileguasse, rinviando l'aggancio.

Era corretto, ammise lei. Anzi, si trattava di una notevole manifestazione di previdenza. Adesso sapeva, e avrebbe potuto agire con maggiore sicurezza. Se c'era qualcuno a guardare, non necessariamente si trattava della squadra di copertura del dottore.

Si mise a osservare chi c'era attorno. Una coppia di ragazzi che si baciavano; tre mamme che conversavano, i figli che giocavano a pallone; una donna di mezz'età che leggeva un libro. Due anziani che parlavano di calcio, gesticolando. Poteva essere chiunque, e forse c'era più d'un sorvegliante.

Il dottore comparve all'ingresso dei giardinetti alle quattordici e trenta in punto. Le mani affondate nelle tasche del soprabito, l'aria più stazzonata rispetto all'incontro precedente.

Individuò Sara. Il suo sguardo passò in rassegna l'intera popolazione del parco. Ebbe un'esitazione: poi incassò la testa nelle spalle e si avviò verso di lei. Sara avrebbe potuto scrivere la sceneggiatura di quanto gli era appena passato per la mente: sì, probabilmente tra la gente c'era qualcuno che era lì per sorvegliare, ma non ci si poteva fare niente, la fotografia sgranata sul display del cellulare era il *vulnus* più grave al quale mettere riparo, il resto era tutto nelle varie ed eventuali.

Il dottore doveva correre il rischio.

Sedette accanto a Sara. A Mora fu evidente lo stato di frustrazione, rabbia e disperazione dell'uomo. Parlavano le mani, le spalle, la rigidità della mascella: soprattutto gli occhi, fissi nel vuoto.

«Non ti ho sottovalutata, no. Ero sicuro che avessi un ruolo, per questo ti avevo convocata. L'unica amica di quella pazza di Pandolfi: se i documenti esistevano, non potevi che averli tu.»

Sara manteneva lo sguardo fisso sul vialetto:

«Non importa, adesso. Quello che conta è: come raggiungere un accordo soddisfacente. Perché è chiaro che non ci fidiamo l'uno dell'altra, e tutti e due abbiamo qualcosa che l'altro vuole».

«Ah, ma questo non è detto, cara. Tu hai una fotografia sgranata che non dice un cazzo, è logico che in quarant'anni di mestiere io abbia incontrato un agente straniero, anzi, un centinaio per l'esattezza. Chi mi dice che...»

Sara aveva tirato fuori il telefonino. Lo appoggiò sulla porzione di panchina tra loro e lo spostò con le dita verso di lui:

«Scorri le foto».

L'uomo abbrancò l'apparecchio. Il pollice si muoveva a scatti, da sinistra a destra. A volte usava anche l'indice per allargare o restringere l'inquadratura. Secondo dopo secondo, sotto i colpi inferti dalle immagini, le spalle si piegavano sempre di più.

Sbatté il cellulare sulla panchina, e tacque. Quando parlò, la furia trattenuta gli faceva tremare la voce. Sara poteva vedere i piccoli spruzzi di saliva nell'aria fredda.

«Due maledette puttane, questo siete. Due maledette puttane che io cancellerò dalla faccia della Terra. Non avrò pace fin quando...»

«Dovresti stare attento a quello che dici. Mi sono fatta l'idea che non siano solo il tuo buon nome, la reputazione o il posto di lavoro a essere in gioco. Penso che tu stia correndo un altro tipo di rischio, diciamo così. Quindi, invece di perdere tempo a scambiarci pii desideri sulla sorte reciproca, dovremmo occuparci dei termini dell'accordo. Perché è ovvio che abbiamo interesse a fare un patto, altrimenti non saremmo qui.»

L'uomo tirò un paio di profondi respiri. Apriva e chiudeva le mani. Sara comprese bene il conflitto tra ragione e rabbia in corso dentro di lui.

«Tu hai i documenti e io ho la stronza. Ma se io ti restituisco lei, che garanzie ho che le carte che mi darai non sono state fotocopiate cento volte?»

«Nessuna, certo. Ma sappiamo tutti e due che non puoi che fidarti di me.»

«Fidarmi? Io? Di te? Follia. Parliamo invece di altro. Anzi, di altri.»

«Che vuoi dire?»

L'uomo esibì un sorriso tirato che lo fece sembrare più feroce:

«Potrei parlare di Pardo Davide, via Altamura 112, ispettore di polizia un po' scalcinato ma con un bel cane. E potrei parlare di Catapano Andrea, ex collega non vedente, col quale sei ancora in contatto e che incontri di tanto in tanto. Potrei dirti in quali orari del giorno attraversano la strada, poverini: un cane al guinzaglio e un handicap sono ottime ragioni per restare vittime, che so, di un furgone intestato a una qualche azienda fallita, che poi viene abbandonato chissà dove da un povero cristo che ha omesso di prestare soccorso. Succede di continuo».

Sara taceva. Il dottore proseguì:

«Potrei parlare di loro, certo. Ma preferisco invece soffermarmi su Visco Viola, deliziosa creatura e mamma single a causa della prematura morte del compagno, Alberti Giorgio, non devo ricordarti chi sia, no? O forse sì, giacché lo hai abbandonato quando era piccolo per metterti con quel vecchio ottuso del tuo superiore; che, sono certo, è il vigliacco che ha messo insieme questo materiale».

Davanti al silenzio di Sara, il dottore riprese, lo stesso tono pettegolo:

«Visco Viola e il suo delizioso bambino. Come sei riuscita a farlo chiamare proprio come il vecchio con cui avevi una relazione? Chissà cosa ne avrebbe pensato tuo figlio, eh? Ma non poteva più lamentarsi, giusto? È stato anche ricoverato, il bambino: sembrava potesse morire, povera creatura».

Sara era abituata a nascondere i propri sentimenti; e quell'uomo non stava dicendo nulla che non si fosse aspettata. Eppure, dovette ammettere che l'auspicio di vederlo morire fra atroci tormenti era bello da coltivare.

«Diciamo che li metto volentieri sul piatto. I miei amici, Morozzi, sono molto bravi in queste cose. E sono consapevoli che la merda che ho visto sul tuo cellulare farebbe del male a molta gente. Se li avessi coinvolti dall'inizio, e non avessi considerato tutto questo come un *mio* problema, forse la faccenda sarebbe già stata risolta. Ma tu e io siamo della vecchia scuola, giusto? Non crediamo alla chirurgia con la fiamma ossidrica. Crediamo al bisturi, tu e io.»

Sara ruppe il silenzio:

«E quindi, non ci sono solo i documenti e Teresa sulla bilancia. Ci sono anche i miei e i tuoi amici. Dovrebbe essere una garanzia sufficiente».

«Ci dobbiamo accontentare. Ti farò avere un indirizzo, dove verrai da sola. Porterai con te i documenti in originale e li lascerai dove ti dirò: so benissimo che terrai le copie, è solo un fatto simbolico. Lì troverai la tua amica. Ti sta bene o non ti sta bene, faremo così.»

Sara annuì.

Il dottore si alzò in piedi e se ne andò, camminando in fretta. Quasi subito il telefonino di Sara emise un suono sommesso.

Da un numero sconosciuto aveva ricevuto una faccina gialla con gli occhiali, tonda e sorridente. Che ricordava molto qualcuno.

XXXVI

Ci fosse stato il sole, avrebbe illuminato con gli ultimi raggi prima del tramonto una grossa pietra a tre metri dal ciglio della provinciale, nel punto in cui incrociava una via secondaria che si immergeva nel bosco.

Ci fosse stato il sole, invece della spessa nuvolaglia scura che consolidava l'inverno, avrebbe forse riscaldato l'aria fredda e umida, giocando tra le foglie e i rami agitati dal vento.

Sulla pietra sedeva una figura in tuta grigia, il cappuccio della felpa a coprire la testa, schiena curva, mani sulle ginocchia. Non doveva essere lì da molto, perché la pioggia sottile e gelida non aveva inzuppato il tessuto, punteggiando appena le spalle strette.

Quello che sembrava un ragazzo non faceva caso alle intemperie. Né al rumore dei rami e delle poche foglie rimaste. Nessuno transitava sulla strada, e del resto non era un luogo di passaggio.

O forse sì, perché dopo qualche minuto si udì il rumore di un mezzo in avvicinamento. Il tratto era in salita, e prima della curva con la grossa pietra e la figura seduta sopra si dovevano percorrere alcuni tornanti. Il rombo del motore non sembrò scuotere più di tanto quello che sembrava un ragazzo.

Comparve un'auto. Accostò a una decina di metri da lui, che rimase seduto quasi facesse parte, insieme alla pietra, di un gruppo scultoreo. Adesso la pioggia aveva formato grandi macchie scure sul cappuccio e sulle spalle, ma quello che sembrava un ragazzo non si voltò a guardare la macchina, che aveva ormai spento il motore.

Ci fosse stato il sole, con l'ultima luce del tramonto avrebbe tirato fuori il luccichio del metallo bagnato. Invece c'era la luce dei fari, due fasci nei quali danzavano le gocce di pioggia; e il rumore ritmico dei tergicristalli si udiva quanto quello dei rami e delle foglie, un contrappunto meccanico alla sinfonia del vento.

Si aprì lo sportello. Scese una donna dai capelli grigi, quasi bianchi, legati in una coda. Indossava un soprabito scuro, fra le dita qualcosa di rosso.

Si avvicinò a quello che sembrava un ragazzo, che non aveva sollevato il viso. Quando gli fu di fronte, la donna scostò piano il cappuccio, chinandosi in avanti come ad assicurarsi dell'identità. Non disse niente, né alcun suono fu emanato dalla figura. Poi mise una mano sotto l'ascella di quello che sembrava un ragazzo, e lo fece alzare dalla pietra. Il segno della seduta biancheggiò nel riverbero dei fari e del tramonto.

La donna dai capelli grigi depositò in quel punto l'oggetto rosso, una cartellina in plastica. Continuando a sostenere sotto l'ascella quello che sembrava un ragazzo, il quale stava in piedi con difficoltà, afferrò un grosso sasso e lo poggiò sulla cartellina, perché il vento non la portasse via. Poi condusse quello che sembrava un ragazzo verso l'auto, e lo fece accomodare sul sedile del passeggero.

Quasi fosse un manichino, lo assicurò con la cintura e richiuse lo sportello. Poi fece il giro della vettura, salì al posto di guida e ripartì senza fretta.

Percorsero qualche chilometro senza incrociare nessuno, in silenzio. Solo il rumore dei tergicristalli, e il ronfare sordo del motore.

Da dentro il cappuccio, quello che sembrava un ragazzo parlò:

«Non me la ricordavo rossa, la cartellina».

«L'ho cambiata. Non mi piaceva l'idea che quella merda toccasse qualcosa che aveva toccato Massi.»

Quello che sembrava un ragazzo si rivelò per quello che era. Una donna. Dalla voce roca e sofferente, ma pur sempre una donna:

«Gabriele Corsini, a suo tempo detto il Corso, poi il dottore. Il capo l'aveva detto che prima o poi quella roba mi sarebbe stata utile. Non so se era previdente o menagramo».

«Direi che merita comunque un po' di gratitudine, non credi? Se non avesse avuto quel pensiero, adesso non saremmo qui. Né tu, né io. Come stai?»

«Mi hanno iniettato della roba. Ho le dita dei piedi e delle mani addormentate, e qualche difficoltà a parlare. Credo di aver perso molto peso, e ho un'immensa voglia di ubriacarmi. Ma benino, tutto sommato.»

Sara prese una bottiglietta d'acqua dal vano portaoggetti e la porse all'amica:

«Prenditi il tuo tempo, Bionda. Non avere fretta. Ti rimetterai a posto, meglio di prima. Dovevi solo uscire da questa cosa, tutto qui».

Teresa bevve un lungo sorso:

«Come sei arrivata alla Strega? Non ti ho mai detto che avevo continuato a vederla. Era quella, la mia preoccupazione. A un certo punto avevo dato tutto per perduto».

«Un colpo di fortuna. Però credo che ci avrei pensato, al livello successivo. Se non fosse emersa da sola. Ma appunto è una Strega, lo sai.»

«Lo sei anche tu, Mora. Lo sei sempre stata.»

Stettero in silenzio per un altro pezzo di strada. Poi Sara disse:

«Credo che abbia le ore contate, il dottore. Gli stanno addosso. Mi ha contattata una ragazza della struttura centrale. Le servivano elementi, adesso li ha».

«È una volpe, quello. Avrà preso decine di precauzioni, sarà difficile farlo fuori. Avevo sentito di questi nuovi, una specie di ispettorato. Io però ci credo poco. Ne abbiamo viste troppe, giusto?»

«Giusto. Però sa che abbiamo le nostre carte in mano, dovremmo stare tranquille.»

L'altra alzò le mani tremanti e tolse il cappuccio. Il viso era segnato, la cortissima peluria sul cranio era di un colore indefinito. La perdita di peso aveva creato delle pieghe sul collo. Sara disse, colma di tenerezza:

«Dio mio, sei diventata tu una strega. Sei orribile, Bionda. Non ti si può guardare».

L'altra ebbe un bagliore negli occhi:

«Perché tu sei nata vecchia, Mora. E sei a tuo agio nel ruolo. Io ci sto solo cominciando a lavorare».

Sara sbuffò:

«Ti rimetterai in tiro in una settimana, dieci giorni al massimo, tappata in casa per non farti vedere, ginnastica e gelato cioccolato e stracciatella. E troverai un taglio corto, che ti farà sembrare una trentenne. Poi, di nuovo a caccia».

Teresa tacque. Poi disse:

«Dimmi del bambino, Mora. Parlami di lui».

Sara la guardò, sorpresa. Era un argomento che, chissà perché, l'amica non aveva mai toccato.

Le raccontò di quando si metteva in bocca di tutto. Di quando era stato ammalato, e di come non piangeva mai nonostante il dolore. Le disse del suo modo di giocare con Boris, il Bovaro di Pardo, e di quando si addormentava davanti ai cartoni animati, sul tappeto. Le disse delle mille domande, e della richiesta costante di una storia. Di come odiasse la pastina, e di quanto fosse goloso di salame.

Teresa ascoltava, e faceva domande sul piccolo come se avesse fame di sapere tutto.

Era assurdo, a pensarci. Avrebbero dovuto parlare di come aveva rischiato la vita, e di quanto fosse grata per essere stata salvata. E l'altra avrebbe dovuto dirle di come era entrata in possesso di quei documenti, e del lavoro fatto insieme a Viola, Andrea e Davide. Avrebbero dovuto farsi domande su chi c'era dietro al dottore, e da quanto tempo funzionasse quell'organizzazione. Avrebbero dovuto concordare quello che avrebbero fatto da quel momento in poi, perché sapevano entrambe che tutto era cambiato, e che c'erano nuovi pericoli e nuovi nemici.

Ma erano di nuovo insieme. E non erano due socie in affari che dovevano programmare l'attività; e nemmeno due colleghe, che condividevano il lavoro; tantomeno due amiche che si rivedevano dopo un pezzo.

Erano sorelle. E le sorelle lasciano andare le parole dove vogliono andare, senza tenerle prigioniere.

Il sole tramontò, dietro le nuvole.

Nessuno se ne accorse.

XXXVII

Stavolta l'avvocato era già lì, e il dottore ne fu rassicurato. Tutto rientrava nelle modalità usuali: scelta del posto, comunicazione del luogo e dell'ora, precauzioni sul percorso.

Il dottore aveva riguadagnato la proverbiale tranquillità. L'ennesima crisi era stata ben affrontata e superata in maniera brillante. Certo, doveva ammettere che non era stata una vittoria schiacciante ma un pareggio. Tuttavia gli effetti erano gli stessi: nulla di problematico e nessuno interessato a nuocere ancora.

Avrebbe volentieri fatto sparire entrambe le vecchie malefiche; e odiava l'idea di essere stato costretto spalle al muro. Però alla fine se l'era cavata, mettendo in chiaro che se qualcosa fosse andato storto, avrebbe cancellato per sempre quella patetica, assurda famigliola. Cane compreso.

Fu perciò con spirito di rinnovata autostima che si presentò all'appuntamento. Stavolta fuori città, sul litorale pressoché deserto per la pioggia e il vento. Gli piaceva il mare d'inverno; aveva un odore particolare, stimolante.

Il posto era un classico, c'era stato molte volte. Un ristorante con veranda sulla spiaggia, che nella bella stagione era preso d'assalto dai pendolari e diventava infrequentabile, un carnaio di creme e palloni, una cacofonia di clacson e bambini urlanti. Adesso invece c'era solo l'avvocato: lo attendeva sorridente al tavolo più vicino al mare, che tuonava lontano mentre la pioggia sferzava le vetrate.

«Allora, avvocato: come le accennavo al telefono, ho ottime notizie.»

L'altro aveva l'aria stanca, ma serena.

Il dottore attribuì l'espressione allo scampato pericolo. Allungò la cartellina rossa sul tavolo.

«Questi sono i documenti. Come potrà verificare, per la maggior parte è roba che non genera preoccupazione. Quel bastardo di Tamburi aveva concentrato la sua attività sul sottoscritto e sugli incontri con Grigori, ma non ha mai avuto elementi di collegamento con i nostri amici.»

L'avvocato assentì, senza toccare la cartellina. Il dottore continuò:

«E non c'è niente sui nostri incontri, ci tengo a farlo rilevare. In effetti era un rischio, ma non ci siamo mai visti da quelle parti, né nei vari porti dai quali partiva la merce. Credo che la spia vigliacca si sia concentrata su questo, e quindi il resto dell'attività gli è rimasto ignoto. Può rassicurare gli amici».

«Ma gli amici sono tranquilli, dottore. Loro hanno sempre una soluzione. Il problema è non rientrare nella soluzione.»

Il dottore sbatté le palpebre:

«Che vuol dire? La soluzione è qui, nei documenti che sono lì dentro. E che sono in mano nostra, perché abbiamo ben operato e...».

L'avvocato guardò il mare:

«In mano nostra, certo. E chissà in quali altre, dottore. È stato questo l'errore, ciò che di nuovo è accaduto stavolta. E che non era mai accaduto».

«Guardi che non è successo niente, avvocato. Tutto è sotto controllo, come sempre.»

L'altro continuava a tenere lo sguardo sull'orizzonte, come aspettando l'arrivo di qualcuno da un altro continente.

«Qualcosa di diverso invece è successo, dottore. E mi sorprende che un uomo della sua esperienza e del suo valore non lo rilevi. È stato necessario coinvolgere altre figure della nostra organizzazione. Queste figure hanno osservato l'andamento dei fatti e hanno riferito delle modalità di gestione. Una gestione, me lo lasci dire, piuttosto fallimentare.»

«Ma che accidenti dice? Io dovevo accertarmi che i documenti esistessero, ed esistono, eccoli qui. Me li dovevo far dare, e li ho ottenuti. Mi dovevo assicurare che non ci fossero riferimenti al livello superiore, e non ci sono. E dovevo premunirmi rispetto al fatto che nulla mai verrà fuori, e posso dire con assoluta convinzione che...»

L'avvocato si voltò piano verso di lui. Negli occhi, un'immensa, insostenibile tristezza:

«Ha tenuto in ostaggio una funzionaria dei Servizi per settimane, dottore. Ha avuto con questa donna un rapporto diretto, ci ha discusso senza veli né coperture, ammettendo la sua operatività e il ruolo che ha nella nostra organizzazione. Ha dovuto lasciarla andare, dopo aver preso contatto con un'altra donna, un'ex agente amica di Pandolfi, alla quale ha rivelato di nuovo la sua identità. Devo proseguire?».

«Ma ho dovuto, proprio per risolvere tutto! Possibile che siate così miopi da non rendervi conto che era necessario? Se mi fossi limitato a farle sparire entrambe, chi mi avrebbe garantito che l'indomani, non vedendole rientrare nelle loro maledette case borghesi, qualche giornale di merda non avrebbe mandato in stampa un bel reportage che ci avrebbe rovinato tutti? L'ho fatto anche per voi, maledizione!»

«No, dottore. L'ha fatto per se stesso, ed è comprensibile, per carità, ma non accettabile. Lei ha messo a rischio tutto e tutti, pur di salvaguardare la sua posizione. Questi documenti mostrano lei, non noi. Parlano di contatti tra lei e un agente bulgaro, assolutamente sacrificabile per quanto ci riguarda. E adesso lì fuori, da qualche parte, ci sono persone libere di indagare su elementi che possono creare danni enormi. Questa è la situazione vera. Non quella che dice lei. Non ha risolto proprio niente, caro dottore. Anzi.»

L'altro si sistemò sullo schienale, a disagio:

«Io ho dimostrato la mia lealtà in oltre trent'anni di carriera, avvocato. Ho messo decine di pezze a casini fatti da altri, ho rimediato a guai e ho creato opportunità. Credevo di essermi guadagnato un minimo di fiducia, per il mio modo di affrontare le questioni».

L'avvocato sogghignò, mostrando all'altro il bel profilo:

«Noi, dottore, siamo l'anello debole. È difficile da ammettere, e anche molto triste, ma siamo quelli sacrificabili. Nessuno acquisisce niente, col tempo e con la dimostrazione di valore, o di lealtà, o di quello che vuole. In questo particolare mondo, l'anzianità di servizio non conta. Conta quello che si fa qui e ora, conta il non sbagliare. Solo questo».

«Io, però, non sono lei, avvocato. Io non sono un patetico professionista con le scarpe di lusso e i cappotti da tremila euro, che va a teatro con la moglie ingioiellata al braccio. Io ho accesso a fatti che possono creare un terremoto, non so se le è chiaro. Ho messo da parte documenti a confronto dei quali questa cartellina rossa è una raccolta di figurine. Cosa crede, che sia una pedina da muovere su una scacchiera, una specie di dannato burattino da manovrare?»

L'avvocato si girò verso di lui:

«Incredibile. È proprio quello che il Giardiniere ha previsto che avrebbe detto. Le stesse parole».

Il dottore saltò in piedi:

«Io me ne fotto di quello che prevede o non prevede il suo Giardiniere, chiunque egli sia! Io non sono di cartone, come lei!».

L'avvocato scosse il capo:

«Povero, piccolo dottore. Non capisce che lei, io e tutti quelli che vediamo, incontriamo o con cui prendiamo accordi, abbiamo una data di scadenza? Come uno yogurt, come il latte fresco, come un medicinale. A un certo punto, se non serviamo più, veniamo sostituiti. Fine dei giochi».

Il dottore si guardava attorno. Non c'era nessuno. Disse feroce, scoprendo i denti:

«Io non scado, stronzo. Dillo alle mummie tue amiche, io non sono sostituibile. Io no».

L'avvocato si strinse nelle spalle:

«No? Sì, invece. Con qualcosa di nuovo, di diverso. Perché loro vedono oltre, dove lei e io non riusciamo a vedere, quella è la differenza. Forse siamo già stati sostituiti. Magari con una donna, addirittura. Giovane e nativa digitale».

Il dottore spalancò la bocca:

«Che cazzo vorrebbe dire? Io faccio venire fuori un casino che...».

L'avvocato fissò un punto alle spalle del dottore e fece un cenno di assenso. Dal nulla, sulla soglia della veranda, era comparso il muscoloso uomo in nero, con l'auricolare e la mascella di marmo.

Disse:

«Mi mancherà, dottore. In fondo siamo stati giovani insieme, lei e io. Ha ragione, ne abbiamo viste tante. Sarà un peccato non poter condividere il futuro».

Il dottore non si voltò per guardare l'uomo che era sopraggiunto.

Sbiancò, e disse:

«E se avessi preso anch'io le mie precauzioni, avvocato? Se ci fosse qualcuno pronto a divulgare, se non mi faccio vivo domattina, tutto quello che ho conservato in questi trent'anni? Non le fa paura, questo?».

L'avvocato si alzò e si abbottonò il cappotto:

«Non lo ha ancora capito, dottore? Lei non fa paura a nessuno. Proprio a nessuno. Faccia buon viaggio».

Sporcandosi le scarpe nella sabbia bagnata, uscì nella pioggia.

Fine

I PERSONAGGI

La squadra

SARA MOROZZI

Il corpo non mente. Lo sa bene Sara Morozzi che vede quello che non si vede, legge le labbra e interpreta il linguaggio non verbale: per lei gli altri non hanno segreti. Smorfie ed espressioni del viso, posture e impercettibili gesti compongono i segni di un alfabeto che gli occhi di Sara decifrano. Ma un talento simile non può passare inosservato, tanto più se colei che lo possiede è un'agente di polizia. E così, alla fine degli anni Ottanta, viene reclutata dalla più riservata unità dei Servizi, una struttura impegnata in attività non autorizzate di intercettazione e dossieraggio. Il tempo delle scelte incombe e Sara – detta Mora – compie quelle più dolorose. Insieme alle pratiche altamente confidenziali, il nuovo lavoro le regala legami impensabili: l'amicizia della collega-rivale Teresa Pandolfi, che diventerà per lei una vera e propria sorella; e il più irresistibile degli amori, quello per Massimiliano Tamburi, il suo capo, l'enigmatico fondatore dell'Unità, più grande di lei. Una passione travolgente al punto da spingerla a lasciare il marito e il figlio piccolo.

Trent'anni dopo, Sara ha sofferto troppo e pagato tutto. Trascorre notti insonni, visitate dai fantasmi di chi se n'è andato: quello di Massimiliano stroncato da una malattia incurabile e quello del figlio Giorgio deceduto in un misterioso incidente. Dopo una vita passata a svelare menzogne, le maschere sono diventate sue nemiche. Perciò Sara Morozzi non si trucca, non porta scarpe col tacco, veste in modo ordinario e non colora il grigio dei suoi capelli. È una donna che vuole passare inosservata. È una donna capace di celare un'occulta bellezza. È la donna invisibile.

VIOLA

Il destino non è stato tenero con Viola. Da ragazzina ha perso il padre a cui era legata da un rapporto speciale. Poi è toccato al compagno Giorgio, il figlio di Sara, morto quando lei era incinta. Invece a essere ben presente nella vita della giovane è la madre, una donna petulante, collerica, egocentrica e attaccata al denaro. Sola e con un bambino in arrivo, Viola ha dovuto rinunciare al sogno di diventare una fotoreporter, anche se con la macchina fotografica è un asso e con l'obiettivo cattura i dettagli che Sara coglie con gli occhi. Insieme alla donna invisibile e a Davide Pardo compone un trio di detective tanto improbabile quanto formidabile. Dopo la nascita del piccolo Massimiliano, dovrà rintuzzare a botte di feroce sarcasmo l'invadente premura "materna" del poliziotto. Le sfide, però, non finiscono mai: a Viola toccherà affrontare anche la malattia del suo bimbo e notti insonni, e solo quando lui sarà definitivamente guarito riuscirà a trovare un lavoro part time nella redazione di una testata online.

DAVIDE PARDO

All'ispettore Davide Pardo non ne va bene una. Sognava una famiglia numerosa, e non è riuscito a tenersi una donna. Credeva nella legge, ma la legge lo ha deluso. Ora che ha superato la cinquantina vorrebbe almeno preservare il sacro rito del caffè delle undici, ma succede che anche quello va in malora. Il destino può essere davvero crudele, e a Davide è capitata pure la disgrazia di possedere un cane. O meglio, al cane è capitato il colpo di fortuna di possedere Davide. L'animale in questione è un Bovaro del Bernese di sessanta chili e settanta centimetri d'altezza che ha trasformato l'esistenza del poliziotto in un inferno.

Tosto, semplice, dall'aspetto irsuto, Pardo vede il mondo in bianco e nero. Quando Sara Morozzi lo coinvolgerà nelle sue inchieste, scoprirà che esistono infinite sfumature di grigio.

BORIS

Se è vero che il cane è il migliore amico dell'uomo, non è sempre vero il contrario. Di sicuro non lo è per l'ispettore Davide Pardo, che il suo quadrupede lo detesta con tutta l'anima. Del resto Boris non ha le fattezze di una deliziosa bestiola, essendo una belva mastodontica con un chilo di lingua che non esita a spalmare sul viso di Davide. Ma ben più dell'incontenibile affetto, a esasperare il poliziotto provvedono le imponenti deiezioni che l'animale è solito rilasciare, insieme alle furiose sessioni di sci nautico di terra a cui Boris costringe colui che dovrebbe tenerlo al guinzaglio. E visto che al peggio non c'è mai fine, Pardo deve anche subire l'onta della complicità che fin dal primo incontro s'instaura fra il gigantesco Bovaro del Bernese e il piccolo Massimiliano. Nonostante tutto, il fiuto e la testardaggine di Boris sono fondamentali per il suo proprietario, più di quanto Pardo voglia ammettere.

L'Unità

TERESA PANDOLFI

All'ostentazione della propria bellezza, Teresa Pandolfi non ha mai rinunciato: né da giovane recluta dell'Unità, né da agente operativa e nemmeno dopo la morte di Massimiliano Tamburi, quando gli succederà ai vertici di uno dei più segreti e strategici apparati per la sicurezza dello Stato. Arruolata insieme a Sara, per tutti le due diventano semplicemente "Mora" e "Bionda". Diverse come il giorno e la notte, sono state amiche, colleghe, rivali, di più, sono diventate sorelle. E Bionda è tutto ciò che Sara non è: vistosa e attraente, cinica e impermeabile all'amore a cui ha rinunciato, preferendo concedersi momenti di passione rapace rubati a uomini più giovani. Ha avuto un grande amore, Marco Sfinzi, collega ai tempi dell'Unità. Un uomo abile e intelligente, ma incapace di stare lontano dal campo. Rientrato in servizio come carabiniere, verrà ucciso durante uno scontro a fuoco. Teresa non lo dimenticherà mai, e non permetterà che qualcuno prenda il suo posto.

Sarà lei, la fredda e calcolatrice dirigente dell'Unità, a richiamare la donna invisibile sul campo. Ma nessuno è davvero immune all'amore e alle sue conseguenze, e Bionda lo scoprirà suo malgrado.

MASSIMILIANO TAMBURI

Solo in pochi conoscono davvero la storia segreta d'Italia: Massimiliano Tamburi è tra questi. Agente del servizio segreto militare, sostenitore visionario delle più moderne tecniche di intelligence, è l'enigmatico fondatore dell'Unità e l'uomo per cui Sara rinuncia a tutto senza che lui le abbia mai chiesto niente. Neanche la morte scioglierà il vincolo dell'amore, e il ricordo di Massi rimarrà una presenza costante per la donna invisibile, insieme al suo archivio tra i cui incartamenti sono custodite le verità più inconfessabili sui misteri della Repubblica: delitti, stragi e corruzione; rapporti tra politici e mafiosi; guerre occulte, vinte o perse all'insaputa dei più; attentati mascherati da incidenti e incidenti mascherati da attentati.

ANDREA CATAPANO

È un mondo immerso nel buio quello in cui vive Andrea Catapano da quando una malattia lo ha privato della vista. Le tenebre, però, possono essere anche un'occasione, se si sa come usarle. E così ha fatto Andrea, sfruttando la cecità per affinare l'acume e la potenza degli altri sensi. In particolare, dell'udito. Grazie a queste capacità, sviluppate al limite del soprannaturale, si è trasformato in una leggenda dell'intelligence e in uno degli analisti più brillanti dell'Unità, diventando il braccio destro di Tamburi. Legato a Massimiliano da un rapporto speciale, Catapano custodisce ricordi che fanno male e segreti inconfessabili. Ma gli anni all'interno dell'Unità gli hanno regalato grandi amicizie: Sara, Teresa e soprattutto Daniela, che anche a distanza di tempo non ha smesso di manifestargli fedeltà e affetto.

Altri personaggi

ANA FLORESCU

Ana credeva in tante cose: passioni, convinzioni, idee le attraversavano testa e cuore, e negli occhi aveva una luce nera. Da ragazza era bellissima: lineamenti perfetti e grazia nell'incedere, quando entrava in un posto attirava l'attenzione di tutti.

Arrivata in Italia dalla Romania negli anni Ottanta, ha vissuto fuori sede con il fratello e altri studenti romeni, in una città occidentale dove l'inverno non esiste.

Dopo la laurea in Medicina con il massimo dei voti, è diventata una dottoressa di talento, con grandi capacità diagnostiche. Ha un futuro in Italia, non ha mai dimenticato però la sua terra, i genitori lontani. Ma il destino era già scritto, e non poteva sottrarsi a un piano più grande di lei. Fino al giorno in cui è svanita nel nulla.

Dopo così tanto tempo, però, Ana torna in Italia, per sé e per Akili, un bimbo dell'Angola, intelligente e dagli occhi vivaci, che in lei ha ritrovato una madre.

NIKOLAJ POPOV

Il più illustre degli ignoti, il più sussurrato degli innominati, un tempo il rinomato chirurgo russo si chiamava Nicolae Popescu ed era di nazionalità romena.

Alto, massiccio, il viso segnato dal dolore, ha scelto di navigare a vista disancorandosi da ogni patria e da ogni affetto dopo quello che è successo trent'anni prima alla sua donna, Ana Florescu. Vive trasferendosi di continuo da un posto all'altro, una leggenda della medicina internazionale senza sede e senza fissa dimora, che opera solo in strutture private dopo essere stato contattato da misteriosi intermediari.

A Sara è legato da un passato indissolubile e, quando lo guarda, la donna invisibile non può fare a meno di lasciarsi travolgere dai ricordi e dal senso di colpa che riaffiora. Perché un tempo lei è stata giovane e pieni di ideali, credendo con forza di essere dalla parte giusta. E Popov si è chiesto all'infinito come sarebbe andata, se non avesse incrociato gli occhi di Sara.

Ora il destino li ha fatti rincontrare e Nikolaj ha capito di non poter più rimanere fermo dove lei lo ha lasciato. Ma di dover ripartire proprio da lì.